1920년 전후 일본어 조선설화 자료집

근대 일본어
조선동화민담집총서
4

1920년 전후 일본어 조선설화 자료집

김광식

차례

해제

1920년 전후 일본어 조선설화 자료집

1. 선행연구에 대하여

〈근대 일본어 조선동화·민담집 총서〉는 일본어로 간행된 조선동화·민담집 연구의 발전과 토대 구축을 위해 기획되었다.

1920년대 이후에 본격화된 조선인의 민간설화 연구 성과를 정확히 자리매김하기 위해서는 1910년 전후에 시작된 근대 일본의 연구를 먼저 검토해야 할 것이다. 해방 후에 전개된 민간설화 연구는 이 문제를 외면한 채 진행되었음을 부인하기 어렵다. 다행히 1990년대 이후, 관련 연구가 수행되었지만, 일부 자료를 중심으로 진행되었다. 그에 대해 편자는 식민지기에 널리 읽혀졌고, 오늘에도 큰 영향을 미치고 있는 주요 인물 및 기관의 자료를 총체적으로 분석하고, 그 내용과 성격을 실증적으로 검토해 왔다. 관련 논문이 축적되어 근년에는 한국과 일본에서 아래와 같은 관련 연구서도 출판되었다.

권혁래, 『일제강점기 설화·동화집 연구』, 고려대학교 민족문화연구원, 2013.

김광식, 『식민지기 일본어조선설화집의 연구(植民地期における日本語朝鮮説話集の研究―帝國日本の「學知」と朝鮮民俗學―)』, 勉誠出版, 2014.

김광식 외, 『식민지시기 일본어 조선설화집 기초적 연구』 1·2, J&C,

2014~2016.
김광식, 『식민지 조선과 근대설화』, 민속원, 2015.
김광식, 『근대 일본의 조선 구비문학 연구』, 보고사, 2018.

또한, 다음과 같이 연구 기반을 조성하기 위한 영인본 『식민지시기 일본어 조선설화집 자료총서』 전13권(이시준·장경남·김광식 편, J&C, 해제 수록)도 간행되었다.

1. 薄田斬雲, 『暗黑なる朝鮮(암흑의 조선)』 1908 영인본, 2012.
2. 高橋亨, 『朝鮮の物語集附俚諺(조선 이야기집과 속담)』 1910 영인본, 2012.
3. 青柳綱太郎, 『朝鮮野談集(조선야담집)』 1912 영인본, 2012.
4. 朝鮮總督府學務局調査報告書, 『傳說童話 調査事項(전설 동화 조사사항)』 1913 영인본, 2012.
5. 楢木末實, 『朝鮮の迷信と俗傳(조선의 미신과 속전)』 1913 영인본, 2012.
6. 高木敏雄, 『新日本教育昔噺(신일본 교육 구전설화집)』 1917 영인본, 2014.
7. 三輪環, 『傳說の朝鮮(전설의 조선)』 1919 영인본, 2013.
8. 山崎源太郎, 『朝鮮の奇談と傳說(조선의 기담과 전설)』 1920 영인본, 2014.
9. 田島泰秀, 『溫突夜話(온돌야화)』 1923 영인본, 2014.
10. 崔東州, 『五百年奇譚(오백년 기담)』 1923 영인본, 2013.
11. 朝鮮總督府, 『朝鮮童話集(조선동화집)』 1924 영인본, 2013.
12. 中村亮平, 『朝鮮童話集(조선동화집)』 1926 영인본, 2013.
13. 孫晉泰, 『朝鮮民譚集(조선민담집)』 1930 영인본, 2013.

전술한 연구서 및 영인본과 더불어, 다음과 같은 한국어 번역본도 출간되었다.

우스다 잔운 저, 이시준 역, 『암흑의 조선(暗黑の朝鮮)』, 박문사, 2016(1908年版).

다카하시 도루 저, 편용우 역, 『조선의 모노가타리(朝鮮の物語集)』, 역락, 2016(이시준 외 역, 『완역 조선이야기집과 속담』, 박문사, 2016, 1910年版).

다카하시 도루 저, 박미경 역, 『조선속담집(朝鮮の俚諺集)』, 어문학사, 2006(1914年版).

강재철 편역(조선총독부 학무국 보고서), 『조선 전설동화』상·하, 단국대학교출판부, 2012(1913年版).

나라키 스에자네 저, 김용의 외 역, 『조선의 미신과 풍속(朝鮮の迷信と風俗)』, 민속원, 2010(1913年版).

미와 다마키 저, 조은애 외 역, 『전설의 조선』, 박문사, 2016(1919年版).

다지마 야스히데 저, 신주혜 외 역, 『온돌야화』, 학고방, 2014(1923年版).

이시이 마사미(石井正己) 편, 최인학 역, 『1923년 조선설화집』, 민속원, 2010(1923年版).

조선총독부 저, 권혁래 역, 『조선동화집연구』, 보고사, 2013(1924年版).

나카무라 료헤이 저, 김영주 외 역, 『나카무라 료헤이의 조선동화집』, 박문사, 2016(1926年版).

핫타 미노루 저, 김계자 외 역, 『전설의 평양』, 학고방, 2014(1943年版).

모리카와 기요히토 저, 김효순 외 역, 『조선 야담 전설 수필』, 학고방, 2014(1944年版).

손진태 저, 최인학 역, 『조선설화집』, 민속원, 2009(1930年版).

정인섭 저, 최인학 외 역, 『한국의 설화』, 단국대학교출판부, 2007(1927년 日本語版, 1952년 英語版).

2. 이번 총서에 대하여

앞서 언급했듯이, 우스다 잔운의 『암흑의 조선』(1908), 다카하시 도오루의 『조선의 이야기집과 속담』(1910, 1914개정판), 조선총독부 학무국 조사보고서 『전설동화 조사사항』(1913), 나라키 스에자네의 『조선의 미신과 속전』(1913), 미와 다마키의 『전설의 조선』(1919), 다지마 야스히데의 『온돌야화』(1923), 조선총독부의 『조선동화집』(1924), 나카무라 료헤이의 『조선동화집』(1926), 손진태의 『조선민담집』(1930)이 영인, 번역되었다.

1930년 손진태의 『조선민담집』(1930)에 이르기까지의 주요 일본어 조선 설화집의 일부가 복각되었다. 그러나 아직 영인해야 할 주요 자료가 적지 않다. 이에, 지금까지 그 중요성에도 불구하고, 복각되지 않은 자료를 정리해 〈근대 일본어 조선동화·민담집 총서〉를 간행하기에 이른 것이다.

이번 총서는 편자가 지금까지 애써 컬렉션해 온 방대한 일본어 자료 중에서 구전설화(민담)집 위주로 선별했다. 선별 기준은, 먼저 일본과 한국에서 입수하기 어려운 주요 동화 및 민담집만을 포함시켰다. 두 번째로 가급적 전설집은 제외하고 중요한 민담집과 이를 개작한 동화집을 모았다. 세 번째는 조선민담·동화에 큰 영향을 끼쳤다고 생각되는 자료만을 엄선하였다. 이번에 발행하는 〈근대 일본어 조선동화·민담집 총서〉 목록은 다음과 같다.

1. 김광식, 『근대 일본의 조선 구비문학 연구』(연구서)
2. 『다치카와 쇼조의 조선 실연동화집』
   (立川昇藏, 『신실연 이야기집 연랑(新實演お話集蓮娘)』, 1926)

3. 『마쓰무라 다케오의 조선·대만·아이누 동화집』(松村武雄, 『朝鮮·臺灣·アイヌ童話集』, 1929, 조선편의 초판은 1924년 간행)
4. 『1920년 전후 일본어 조선설화 자료집』
5. 『김상덕의 동화집 / 김소운의 민화집』(金海相德, 『半島名作童話集』, 1943 / 金素雲, 『목화씨』 『세 개의 병』, 1957)

위와 같이 제2권 다치카와 쇼조(立川昇藏, ?~1936, 大塚講話會 동인)가 펴낸 실연동화집, 제3권 신화학자로 알려진 마쓰무라 다케오(松村武雄, 1883~1969)의 조선동화집을 배치했다.

다음으로 제4권 『1920년 전후 일본어 조선 설화 자료집』에는 조선동화집을 비롯해, 제국일본 동화·민담집, 세계동화집, 동양동화집, 불교동화집 등에 수록된 조선동화를 한데 모았다. 이시이 겐도(石井研堂) 편 『일본 전국 국민동화』(同文館, 1911), 다나카 우메키치(田中梅吉) 외 편 『일본 민담집(日本昔話集) 하권』 조선편(아르스, 1929) 등의 일본동화집을 비롯해, 에노모토 슈손(榎本秋村) 편 『세계동화집 동양권』(실업지일본사, 1918), 마쓰모토 구미(松本苦味) 편 『세계동화집 보물선(たから舟)』(大倉書店, 1920), 히구치 고요(樋口紅陽) 편 『동화의 세계여행(童話の世界めぐり)』(九段書房, 1922) 등의 세계·동양동화집을 포함시켰다. 더불어, 편자가 새롭게 발굴한 아라이 이노스케(荒井亥之助) 편 『조선동화 제일편 소』(永島充書店, 1924), 야시마 류도 편 『동화의 샘』(경성일보대리부, 1922) 등에서도 선별해 수록했다.

그리고 제5권에는 『김상덕의 반도명작동화집』과 함께, 오늘날 입수하기 어려운 자료가 된 김소운의 민화집(『목화씨(綿の種)』/『세 개의 병(三つの瓶)』)을 묶어서 영인하였다.

3. 제4권 『1920년 전후 일본어 조선설화 자료집』에 대하여

제4권은 식민지 시기의 주요한 조선·일본·동양·세계동화집에 수록된 조선 동화(童話) 및 민담을 모았다. 표지, 목차, 서문, 조선 동화·민담 본문, 판권지를 수록해 연구를 위한 편의를 도왔다. 이 책에 수록한 동화·민담집의 대부분은 한국에서는 확인하기 어려운 자료가 많기에, 관련 연구자에게 큰 도움이 될 거라고 확신한다.

1911년에 간행된 이시이 겐도의 『일본전국 국민동화』를 시작으로, 조선·일본·동양·세계동화·민담집에 조선 동화·민담이 다수 수록되었다. 필자의 확인에 의하면, 다음과 같은 동화·민담집에 조선의 이야기가 포함되었다.

1. 石井研堂, 『일본전국 국민동화』, 同文館, 1911, 東京.
2. 榎本秋村, 『世界童話集 동양권(東洋の巻)』, 實業之日本社, 1918, 東京.
3. 松本苦味, 『世界童話集 보물선(たから舟)』, 大倉書店, 1920, 東京.
4. 八島柳堂(行繁), 『동화의 샘(童話の泉)』, 京城日報代理部, 1922(증쇄), 京城.
5. 樋口紅陽, 『동화의 세계여행(童話の世界めぐり)』, 九段書房, 1922(1934 『童話五年生』, 新星社, 大阪, 1937, 32쇄), 東京.
6. 松本苦味, 『말의 알(馬の玉子) 滑稽童話集』, 實業之日本社, 1923, 東京.
7. 木村萩村, 『취미의 동화 동양의 전설(趣味の童話 東洋の傳說)』, 日本出版社, 1924, 大阪.
8. 松村武雄, 『第十六巻日本篇 日本童話集』, 世界童話大系刊行會, 1924 (1929 『朝鮮·臺灣·아이누童話集』, 近代社版, 1931·1934 『日本童話集』 下), 東京.
9. 荒井亥之助(咸鏡南道公立師範學校文藝部), 『朝鮮童話第一篇 牛』, 永島充書店, 1924, 咸興.

10. 畑耕一, 『오색 사슴(五色の鹿)』 世界童話集上卷, 寶文館, 1925, 東京.
11. 萬里谷龍兒, 『佛教童話全集 第七卷 支那篇三 附朝鮮篇』, 鴻盟社, 1929, 東京.
12. 田中梅吉他, 『日本昔話集』 下, アルス, 1929, 東京.
13. 社會教育會編(奧山仙三), 『日本鄕土物語』 下, 大日本教化圖書株式會社, 1934, 東京.
14. 八波則吉, 『教育童話 오색 사슴(五色の鹿)』, 同文社, 1936, 東京.

【표 1】 일본어 설화집 속에 수록된 조선·대만의 이야기

편자명	수록 작품		비고
	조선	대만	
1.이시이 1911	호랑이의 실책	매와 솔개/ 順風旗/ 火種	內地(73), 류큐(1), 대만(3), 북해도(2), 사할린(1), 조선(1)
2.榎本 1918	長者의 실책/ 强慾爺/ 제비의 보은/ 羽衣/ 말하는 남생이/ 혹부리 영감	×	아이누(3), 조선(6), 支那(15), 몽고(7), 인도(10), 西亞(12), 터키(7)
6.松本 1923	대불의 재채기	×	총15편 스페인(1), 이태리(4), 브라질(2), 일본(1), 조선(1), 인도(6)
7.木村 1924	거짓말 뽐내기	首狩	인도(3), 류큐(1), 조선(1), 티벳(1), 支那(2), 대만(1)
8.松村·西岡 1924(1927)	27편	대만24편 生蕃7편	第16卷 일본편(1924) 일본(174), 조선(27), 아이누(73) 第15卷 支那·대만편(1927) 支那, 대만(26) 生蕃(7) 『조선·대만·아이누동화집』(1929, 『일본동화집 下』, 1931) 조선(27), 대만(24), 生蕃(7), 아이누(73)
11.萬里谷 1929	세 개의 보물/ 종치는 까치/ 興輪寺/ 두 번 태어난 김대성/ 영지	×	7卷 【支那篇3】 서유기(澁川繁麿) 附 朝鮮篇(5) Cf)1-4권 인도, 5-7권 支那, 8-10권 일본

12.田中·佐山 1929	5편	16편	【상권】 일본(柳田國男) 【하권】 아이누(4), 조선(5), 류큐(7), 대만(16)
13.社會教育會 1934	영지/ 에밀레종/ 羽衣/ 檀君	媽祖樣/ 呉鳳/ 芝山巖	【上巻】 北海道~岐阜県 【下巻】 滋賀県~沖縄県, 대만(3), 조선(총독부 奥山仙三 4), 사할린(1)
14.八波 1936	신기한 종소리	×	총 21편

(밑줄은 필자. 일본 열도, 조선, 대만, 중국을 강조)

위의 14종 중에 조선과 대만의 동화 및 민담이 동시에 수록된 설화집은 총 5종이다. 【표 1】에는 조선·대만설화집 중에서 '제국일본'을 의식해 간행된 설화집의 개별설화를 정리했다. 대만에 비해 조선 설화가 자주 활용되었음을 확인할 수 있다.

조선과 대만 설화가 동시 수록된 5종의 설화집은, 모두 내지에서 간행되었고 제국일본을 의식해 조선·대만 설화를 다루었다. 처음으로 간행된 '일본' 설화집은, 3.이시이 겐도(石井研堂, 1865~1943)의 『일본전국 국민동화』이다. 아시아맹주론자·문화사가로 알려진 이시이는 내지, 류큐, 홋카이도, 가라후토(사할린)와 함께, 「낡은 집의 비샘(古屋の漏り)」 유형으로 알려진 한국 설화 「호랑이의 실책」을 수록했다. 이시이는 일찍부터 조선에 관심을 보여 조선의 역사지리, 아동의 풍속·놀이·교육법을 정리한 『조선 아동화담』(1891)을 간행하였다. 그리고 대만 설화로는 한족의 「매와 소리개」, 「순풍기」, '생번(生蕃, 원주민)'의 「火種」을 수록하였다. 이들 설화는 조선과 대만을 대표하는 설화로, 이시이가 1889년 이후 주재한 잡지 『소국민』, 『세계의 소년』, 『실업소년』 등의 편집자를 역임하면서 얻은 자료를 활용한 것으로 판단된다.

1920년대의 동심주의, 아동중심주의의 영향으로 조선 동화에 관심이 지니고 많은 동화집이 간행되었다. 그중에서 기무라의 『동양의 전설』, 마쓰무라 다케오·니시오카 히데오의 『조선·대만·아이누 동화집』, 다나카 우메키치 외 편 『일본 민담[昔話]집』 하권 등이 간행되었다. 세계·동양·일본 동화·민담집에 조선 및 대만의 이야기가 수록되었지만, 제국일본 안에서 명확히 자리매김 되어 출판된 것은 아니었다. 예를 들면, 『요미우리신문』(1925년 2월 18일자)은 『오색의 사슴』의 서평을 다음처럼 게재하였다.

> ◆ 세계동화집 『오색의 사슴』(하타 고이치 저) 조선, 지나(支那), 티베트, 인도, 베트남, 필리핀 6개국의 전설 및 구비에서 재료를 취한 창작 동화 이십여 편 모두가 동방 정서가 배어 든 진귀한 쾌편(快篇)이다(사륙판 176쪽, 80전, 寶文館).

당시 조선은 식민지였는데, 인도 등과 함께 6개국 중의 하나로 조선 설화가 수록되었고, 신문 서평은 조선이 마치 독립국인 것처럼 기술되었다. 이러한 태도는 적어도 1920년대까지 계속되었다. 1920년대 세계동화집에 수록된 조선·대만 설화는, 제국 일본과는 다른 독자적 이야기로 취급되었다. 기무라의 『동양의 전설』, 마쓰무라의 『제16권 일본편 일본 동화집』, 다나카 외 『일본 민담집』 하권은 동양·일본이라는 표제가 붙어 있지만, 각 출판사에서 세계동화집 중의 한 권으로 간행된 것이다. 또한, 에노모토의 『세계동화집 동양권』, 마쓰모토의 『세계동화집 보물선』, 히구치의 『동화의 세계여행』, 하타의 『오색의 사슴 세계동화집 상권』은 '세계'라는 표제를 달고 조선 설화를 독자적으로 수록하였다.

전술한 기무라의 『동양의 전설』과 같이, 동양('지나')설화집에 조선·대만 설화가 수록된 것도 있다. 에노모토의 『세계동화집 동양권』, 마

리타니의 『불교동화전집 지나 편3 附조선편』 등을 들 수 있다. 이 동양설화집은 조선·대만 등의 외지와 함께, 중국·인도·몽고 등의 설화가 수록되었다. 흥미로운 사실은 내지(內地) 이야기는 포함되지 않고, 류큐와 아이누만이 포함된 것이다. 이처럼 내지는 동양에 편입되지 않고, 동양을 대상화했음을 엿볼 수 있다.

이상과 같이, 일본어설화집에 수록된 조선·대만의 설화는 시기에 따라 항상 변화하였고, 처음부터 명확한 기준 속에서 분류된 것이 아니고, 시대와 편자·출판사의 의도에 따라 바뀔 수 있는 가변적인 것이었다고 할 수 있다.

사이토 준의 연구에 따르면, 일본의 패전 이전에 간행된 일본전설집은 146종인데[사이토, 1994, 52쪽], 식민지 조선·대만의 전설이 포함된 것은 매우 적다. 전설집 이외에 일본 동화·민담집 등을 포함하면, 방대한 자료집이 간행되었지만, 그중 조선·대만 설화가 수록된 것은 6종에 지나지 않는다. 스즈키 미에키치(鈴木三重吉 1882~1936)는 『세계동화집』(전21권, 春陽堂, 1917~1926), 『세계동화』(전6권, 춘양당, 1929)를 비롯해, 「춘양당소년문고」에도 많은 세계동화집을 발표했지만, 조선동화를 한 편도 수록하지 않았다. 식민지기에 간행된 수많은 일본어 세계동화집은 구미(歐美) 중심의 것이었고, 조선·대만 설화가 수록된 자료집은 오히려 예외적이었다고 할 수 있다.

이번 영인본을 계기로, 식민지기에 간행된 제국일본의 민간설화집을 새롭게 검증해야 할 것이다. 이 책이 조선을 포함한 식민지 자료의 의미에 관한 연구의 기초자료가 되었으면 한다.

참고문헌

김광식, 『식민지 조선과 근대 설화』, 민속원, 2015.

김광식, 『근대 일본의 조선 구비문학 연구』, 보고사, 2018.

김광식, 「1920년대 일본어 조선동화집의 개작 양상 -『조선동화집』(1924)과의 관련양상을 중심으로-」, 『열상고전연구』 48집, 열상고전연구회, 2015.

김광식, 「근대일본 설화연구자의 『용재총화(慵齋叢話)』 서승(書承) 양상 고찰」, 『동방학지』 174, 연세대학교 국학연구원, 2016.

金廣植, 『植民地期における日本語朝鮮説話集の研究―帝國日本の「學知」と朝鮮民俗學―』, 勉誠出版, 2014.

金廣植, 「帝國日本における「日本」説話集の中の朝鮮と台灣の位置付け―田中梅吉と佐山融吉を中心に」, 『日本植民地研究』 25, 日本植民地研究會, 2013.

齊藤純, 「傳說集の出版狀況について―近現代の傳說の位置づけのために」, 『世間話研究』 5, 1994.

解題

1920年前後における日本語朝鮮説話の資料集

1. これまでの研究

〈近代における日本語朝鮮童話・民譚(昔話)集叢書〉は、日本語で刊行された朝鮮童話・民譚集の研究を発展させるために企画されたものである。

筆者は、1920年代以降本格化した朝鮮人における民間説話の研究成果を的確に位置づけるためには、1910年前後に成立した近代日本の研究を実証的に検討しなければならないと考える。既存の民間説話の研究は、この問題を直視せずに進められてきたと言わざるを得ない。幸いに1990年代以降、関連研究がなされてきたが、一部の資料に限られていた。それに対して筆者は、植民地期に広く読まれ、今日にも大きな影響を及ぼしていると思われる重要な人物及び機関の資料を網羅的に分析し、その内容と性格を実証的に検討してきた。近年、韓国と日本では以下のような関連の研究書が出ている。

権赫来『日帝強占期説話·童話集研究』高麗大学校民族文化研究院、ソウル、2013年。

金廣植 『植民地期における日本語朝鮮説話集の研究—帝国日本の「学知」と朝鮮民俗学—』勉誠出版、2014年。

金廣植他『植民地時期日本語朝鮮説話集 基礎的研究』1·2、J&C、ソウル、

2014~2016年。

金廣植『植民地朝鮮と近代説話』民俗苑、ソウル、2015年。

金廣植『近代日本における朝鮮口碑文学の研究』寶庫社、ソウル、2018年。

また、次のように研究を広めるための復刻本 『植民地時期日本語朝鮮説話集資料叢書』全13巻(李市埈·張庚男·金廣植編、J&C、ソウル、解題付き)も出ている。

1. 薄田斬雲『暗黒なる朝鮮』1908年復刻版、2012年。
2. 高橋亨『朝鮮の物語集附俚諺』1910年復刻版、2012年。
3. 青柳綱太郎『朝鮮野談集』1912年復刻版、2012年。
4. 朝鮮総督府学務局調査報告書『伝説童話 調査事項』1913年復刻版、2012年。
5. 楢木末実『朝鮮の迷信と俗伝』1913年復刻版、2012年。
6. 高木敏雄『新日本教育昔噺』1917年復刻版、2014年。
7. 三輪環『伝説の朝鮮』1919年復刻版、2013年。
8. 山崎源太郎『朝鮮の奇談と伝説』1920年復刻版、2014年。
9. 田島泰秀『温突夜話』1923年復刻版、2014年。
10. 崔東州『五百年奇譚』1923年復刻版、2013年。
11. 朝鮮総督府『朝鮮童話集』1924年復刻版、2013年。
12. 中村亮平『朝鮮童話集』1926年復刻版、2013年。
13. 孫晋泰『朝鮮民譚集』1930年復刻版、2013年。

それから、研究書及び復刻本とともに、次のような韓国語訳も出ている。

薄田斬雲、李市埈訳『暗黒の朝鮮』博文社、2016年(1908年版)。

高橋亨、片龍雨訳『朝鮮の物語集』亦楽、2016年(高橋亨、李市埈他訳『朝鮮の物語集』博文社、2016年、1910年版)。

高橋亨、朴美京訳『朝鮮の俚諺集』語文学社、2006年(1914年版)。

姜在哲編訳(朝鮮総督府学務局報告書)『朝鮮伝説童話』上·下、檀国大学校出版部、2012年(1913年版)。

楢木末実、金容儀他訳『朝鮮の迷信と風俗』民俗苑、2010年(1913年版)。

三輪環、趙恩馤他訳『伝説の朝鮮』博文社、2016年(1919年版)。

田島泰秀、辛株慧他訳『温突夜話』学古房、2014年(1923年版)。

石井正己編編、崔仁鶴訳『1923年朝鮮説話集』民俗苑、2010年(1923年版)。

朝鮮総督府、権赫来訳『朝鮮童話集研究』寶庫社、2013年(1924年版)。

中村亮平、金英珠他訳『朝鮮童話集』博文社、2016年(1926年版)。

八田実、金季杼他訳『伝説の平壌』学古房、2014年(1943年版)。

森川清人、金孝順他訳『朝鮮野談·随筆·伝説』学古房、2014年(1944年版)。

孫晋泰、崔仁鶴訳『朝鮮説話集』民俗苑、2009年(1930年版)。

鄭寅燮、崔仁鶴訳『韓国の説話』檀国大学校出版部、2007年(1927年日本語版、1952年英語版)。

2. この叢書について

先述したように、薄田斬雲『暗黒の朝鮮』(1908年)、高橋亨『朝鮮の物語集附俚諺』(1910年、改訂版1914年)、朝鮮総督府学務局調査報告書『伝説童話 調査事項』(1913年)、楢木末実『朝鮮の迷信と俗伝』(1913年)、三輪環『伝説の朝鮮』(1919年)、田島泰秀『温突夜話』(1923年)、朝鮮総督府『朝鮮童話集』(1924年)、中村亮平『朝鮮童話集』(1926年)、孫晋泰『朝鮮民譚集』(1930年)が復刻されるとともに韓国語訳されている。

また、1930年までの重要な日本語朝鮮説話集の一部が復刻されている。しかし、まだ復刻すべき資料が少なくない。そこで、その重要性にも関わらず、まだ復刻されていない資料を集めて〈近代における日本語朝鮮童話·民譚(昔話)集叢書〉を刊行したのである。

この叢書は、編者がこれまで集めてきた膨大な日本語資料の中から朝鮮の民譚集(日本語での昔話集)を中心に編んでいる。編集の基準は、まず日本はいうまでもなく、韓国でも入手しにくい重要な童話·民譚集のみを選んだ。二つ目に伝説集は除き、重要な民譚集と、それを改作した童話集を集めた。三つ目は朝鮮民譚·童話に大きな影響を及ぼしたと思われる資料のみを厳選した。今回発行する〈近代における日本語朝鮮童話·民譚(昔話)集叢書〉は、次の通りである。

1. 金廣植『近代日本における朝鮮口碑文学の研究』(研究書)
2. 立川昇蔵『新実演お話集 蓮娘』1926年
3. 松村武雄『朝鮮·台湾·アイヌ童話集』1929年(朝鮮篇の初版1924年)
4.『1920年前後における日本語朝鮮説話の資料集』
5. 金海相徳(金相徳)『半島名作童話集』1943年/『金素雲の韓国民話集』(『綿の種』/『三つの瓶』1957年)

上記のように復刻本としてはまず、第2巻 立川昇蔵(?~1936年、大塚講話会同人)による実演童話集、第3巻 神話学者として知られる松村武雄(1883~1969年)の朝鮮童話集を選んだ。

また、第4巻『1920年前後における日本語朝鮮説話の資料集』では、朝鮮童話集をはじめ、「日本」童話·昔話集、世界童話集、東洋童話集、仏教童話集などに収録された朝鮮童話を集めた。石井研堂編『日本全国国民童話』(同文館、1911年)、田中梅吉他編『日本昔話集 下』朝鮮篇(アルス、1929年)などの日本童話集をはじめ、榎本秋村編『世界童話集 東洋の巻』(実業之日本社、1918年)、松本苦味編『世界童話集 たから舟』(大倉書店、1920年)、樋口紅陽編『童話の世界めぐり』(九段書房、1922年)などの世界·東洋童話集を対象にした。また、編者が新たに発掘した荒井亥之助編『朝鮮童話第一篇 牛』(永島充書店、1924年)、八島柳堂編『童話の泉』(京城日報代理部、1922年)などからも選び出した。

また第5巻では、金海相徳(金相徳)の『半島名作童話集』(1943年)とともに、今日では入手しにくい『金素雲の韓国民話集』(『綿の種』/『三つの瓶』)を復刻した。

3. 第4巻『1920年前後における日本語朝鮮説話の資料集』について

第4巻では、戦前における主要な朝鮮·日本·東洋·世界童話集の中に収録された朝鮮童話·民譚(昔話)を集めて収録した。表紙、目次、はしがき、朝鮮童話·昔話の本文、奥付を収録し、研究における便宜を図った。ここに収録した童話·昔話集の多くは確認が難しい資料が多く、関連する分野の研究者に大いに役立つと思われる。

1911年に刊行された石井研堂の『日本全国 国民童話』に続いて、朝鮮·日本·東洋·世界童話·昔話集の中に朝鮮童話·昔話が収録されるようになった。筆者の確認によると、次のような童話·昔話集の中に朝鮮の話が含まれている。

1. 石井研堂『日本全国 国民童話』同文館、1911、東京.
2. 榎本秋村『世界童話集 東洋の巻』実業之日本社、1918、東京.
3. 松本苦味『世界童話集 たから舟』大倉書店、1920、東京.
4. 八島柳堂(行繁)『童話の泉』京城日報代理部、1922(再版)、京城.

5. 樋口紅陽『童話の世界めぐり』九段書房、1922(1934『童話五年生』新星社、大阪、1937三二版)、東京.
6. 松本苦味『馬の玉子 滑稽童話集』実業之日本社、1923、東京.
7. 木村萩村『趣味の童話 東洋の伝説』日本出版社、1924、大阪.
8. 松村武雄『第十六巻日本篇 日本童話集』世界童話大系刊行会、1924(1929『朝鮮·台湾·アイヌ童話集』近代社版、1931·1934『日本童話集』下)、東京.
9. 荒井亥之助(咸鏡南道公立師範学校文芸部)『朝鮮童話第一篇 牛』永島充書店、1924、咸興.
10. 畑耕一『五色の鹿』世界童話集上巻、實文館、1925、東京.
11. 萬里谷龍児『仏教童話全集 第七巻 支那篇三 附朝鮮篇』鴻盟社、1929、東京.
12. 田中梅吉他『日本昔話集』下、アルス、1929、東京.
13. 社会教育会編(奥山仙三)『日本郷土物語』下、大日本教化図書株式会社、1934、東京.
14. 八波則吉『教育童話 五色の鹿』同文社、1936、東京.

上記の14種の中で、朝鮮と台湾の童話や昔話が同時に収録された説話集は、5種に該当する。【表1】のように朝鮮·台湾説話集の中で、「帝国日本」を意識して刊行された説話集の個別説話を整理した。台湾に比べて朝鮮説話が多く取り上げられていることがわかる。

【表1】日本語説話集の中の朝鮮·台湾の話

編者名	収録作品		備考
	朝鮮	台湾	
1.石井 1911	虎の失策	鷹と鳶/ 順風旗/ 火の種	内地(73)、琉球(1)、台湾(3)、北海道(2)、樺太(1)、朝鮮(1)

2.榎本 1918	長者の失策/ 強慾爺/ 燕の御礼/ 天人の羽衣/ ものいふ亀/ 瘤爺	×	第一アイヌ(3), 第二朝鮮(6), 第三支那(15), 第四蒙古(7), 第五印度(10), 第六西亜(12), 第七土耳古(7)
6.松本 1923	大仏の嚔	×	延べ15話 スペイン(1), イタリイ(4), ブラジル(2), 日本(1)、朝鮮(1), 印度(6)
7.木村 1924	嘘のお手柄	首狩	『東洋の伝説』印度(3), 琉球(1)、朝鮮(1), 西蔵(1), 支那(2)、台湾(1) Cf)日本児童文庫『日本の伝説』『西洋の伝説』『イソップ物語』『グリム童話集』等
8.松村・西岡 1924(1927)	【朝鮮の部】27話	【台湾童話集】24話 【生蕃童話集】7話	『世界童話大系 第16巻日本篇』(1924)日本の部(174)、朝鮮の部(27)、アイヌの部(73) Cf)『世界童話大系 第15巻支那・台湾篇』(1927)支那童話集(及川恒忠)、台湾童話集(西岡英夫, 26) 生蕃(同, 7) 『朝鮮・台湾・アイヌ童話集』(1929) 『日本童話集 下』(1931, 1934) 朝鮮の部(松村, 27)、台湾(西岡, 24)、生蕃(同, 7)、アイヌの部(松村, 73)
11.萬里谷 1929	三つの寳/ 鐘つき鵲/ 春の興輪寺/ 二度生れた金大城/ 影池と無影塔	×	7巻【支那篇3】西遊記(澁川繁麿) 附 朝鮮篇(萬里谷龍児, 5) Cf)1-4巻印度, 5-7巻支那, 8-10巻日本
12.田中・佐 1929	5話	16話	【上巻】日本(柳田国男) 【下巻】アイヌ篇(金田一京助, 4)、朝鮮篇(田中, 5), 琉球篇(伊波普猷, 7), 台湾篇(佐山, 16)
13.社会教育会 1934	影池物語/ 母を呼ぶ鐘/ 羽衣/ 檀君の話	媽祖様/ 呉鳳の話/ 芝山巖	【上巻】北海道~岐阜県 【下巻】滋賀県~沖縄県, 台湾(台湾総督府文教局編修課長三屋静, 3), 朝鮮(朝鮮総督府学務局社会課奥山仙三, 4), 樺太(1)
14.八波 1936	不思議な鐘の音	×	延べ21話

(下線は筆者。日本列島、朝鮮、台湾、中国を強調)

朝鮮と台湾説話が同時に収録された5種の説話集は、いずれも内地で刊行されており、帝国日本を意識して朝鮮·台湾説話を扱っている。初めて刊行された「日本」説話集は、3.石井『日本全国 国民童話』である。アジア主義者·文化史家として知られる石井研堂(民司、1865~1943年)は、内地に続き琉球、北海道、樺太と共に、「古屋の漏り」として知られる朝鮮説話「虎の失策」を1話収録した(石井は、早くから朝鮮に大きな関心を示し、児童向けに朝鮮の歴史地理、児童の風俗·遊戯·教育法をまとめた『朝鮮児童画談』(学齢館、1891年)を刊行している)。また、台湾説話は漢人の「鷹と鳶」、「順風旗」と「生蕃」の「火の種」を収録した。いずれも朝鮮と台湾を代表する説話であり、石井が1889年以降、雑誌『小国民』『世界の少年』『実業少年』などの編集者を務めながら得た資料を活用したものと思われる。

1920年代の童心主義、児童中心主義の影響で童話に関心が寄せられ、多くの童話集が刊行された。その中で、木村『東洋の伝説』、松村武雄·西岡英夫『朝鮮·台湾·アイヌ童話集』、田中梅吉他『日本昔話集下』 などが刊行された。世界·東洋·日本童話·昔話集の中に朝鮮·台湾の話が収録されているが、帝国日本の中の明確な位置づけの上でなされたわけではない。たとえば、『読売新聞』(1925年2月18日付)は畑『五色の鹿』の書評を次のように掲載している。

◆ 世界童話集『五色の鹿』(畑耕一著)朝鮮、支那、西蔵、印度、安南、比律賓六ヶ国の伝説や口碑から材料をとつた創(マ)　(マ)童話廿数篇いづれも東邦情緒のしみこんだ珍しい快篇だ(四六判一七六頁八十銭賓文館)。

当時、朝鮮は植民地であるにもかかわらず、印度等と共に六ヶ国の一つとして朝鮮説話が収録され、新聞で朝鮮が独立国であるかのように書かれている。このような姿勢は少なくとも1920年代まで続いている。1920年代世界童話集の中に朝鮮·台湾説話は、帝国日本とは異なる独自のものとして取り扱われている。木村『東洋の伝説』、松村『第十六巻日本篇 日本童話集』、田中他『日本昔話集 下』は東洋·日本という題が付いているが、それぞれの出版社から世界童話集の中の一冊として刊行されたものである。それに対し、榎本『世界童話集 東洋の巻』、松本『世界童話集 たから舟』、樋口『童話の世界めぐり』、畑『五色の鹿　世界童話集上巻』は、「世界」という題をつけて朝鮮説話を独自のものとして捉えており、注目に値する。

前述した木村『東洋の伝説』のように、東洋(「支那」)説話集の中に朝鮮·台湾説話が収録されたものもある。榎本『世界童話集　東洋の巻』、萬里谷『仏教童話全集 支那篇三 附朝鮮篇』が挙げられる。これらの東洋説話集は、朝鮮·台湾等の外地と共に、中国·印度·蒙古等の説話が収録されている。興味深いのは、内地の本島の話は含まれず、琉球とアイヌのみが含まれているということである。いずれにおいても内地の本島は、東洋に入っておらず、東洋を他者化していたことが窺い知れる。

以上のように、日本語説話集の中の朝鮮·台湾説話は、時代の推移と共にその枠組みが常に揺れ動いており、最初から明確な基準の中で分類されたものでなく、時代と編者·出版社の意図によって変わり得る可変的なものであったといえる。

齊藤純の研究によると、戦前(1910~1945年)に刊行された日本伝説集は146種である[齊藤、1994、52頁]が、植民地朝鮮·台湾の話をいれたものは非常に少ない。伝説集の他に日本童話·昔話集等を含めば、数多くの資料集が刊行されたことになるが、その中で朝鮮·台湾説話が収録されたものは、6種に過ぎないのである。鈴木三重吉(1882~1936年)は『世界童話集』(全21冊、春陽堂、1917~1926年)と『世界童話』(全6冊、春陽堂、1929年)をはじめ、「春陽堂少年文庫」にも多くの世界童話集を出したが、朝鮮童話が一編も見当たらない。戦前に刊行された数々の世界童話集は欧米中心のものであり、朝鮮・台湾説話が収録されたものは例外に等しいといわざるを得ない。

この復刻を機に、戦前に刊行された帝国日本の民間説話集を改めて検証する必要が求められる。その中で、朝鮮を含めた植民地資料の意味に関する具体的な研究を期待したい。

参考文獻

金廣植『식민지 조선과 근대 설화(植民地朝鮮と近代説話)』民俗苑、ソウル、2015年。

金廣植『근대 일본의 조선 구비문학 연구(近代日本における 朝鮮口碑文学の研究)』寶庫社、ソウル、2018年。

金廣植「1920년대 일본어 조선동화집의 개작 양상 -『조선동화집』(1924)과의 관련양상을 중심으로-」『洌上古典研究』48輯, 열상고전연구회, 2015年。

金廣植「근대일본 설화연구자의『慵齋叢話』書承 양상 고찰」『東方學志』174輯, 연세대학교 국학연구원, 2016年。

金廣植『植民地期における日本語朝鮮説話集の研究―帝国日本の「学知」と朝鮮民俗学―』勉誠出版、2014年。

金廣植「帝国日本における「日本」説話集の中の朝鮮と台湾の位置付け―田中梅吉と佐山融吉を中心に」『日本植民地研究』第25号、日本植民地研究会、2013年 6月。

齊藤純「伝説集の出版状況について―近現代の伝説の位置づけのために」『世間話研究』5号、1994年。

영인자료

1920년 전후 일본어 조선설화 자료집

여기서부터는 영인본을 인쇄한 부분으로 맨 뒤 페이지부터 보십시오.

·日本兒童文庫·

昭和四年四月一日印刷
昭和四年四月三日發行

日本童話集 下
〔非賣品〕

著作者 金田一京助
田中梅吉
伊波普猷
佐山融吉

編輯兼發行者 東京市小石川區表町一〇九 北原鐵雄

印刷者 東京市小石川區久堅町一〇八 君島潔

印刷所 東京市小石川區久堅町一〇八 共同印刷株式會社

版權所有

發行所 東京小石川表町一〇九 アルス
電話 小石川三三七〇・四八三三番

製本・金子

をさげ、肢をばた〳〵させました。

その時うけた首のあたりの傷あとが、蝗には今でも薄紅い筋になつて、背から上にのこつてゐるとかいはれてゐます。

また蟻は、蝗が川蟬にこづかれて、首をぴよこ〳〵する恰好がをかしいといふので、腹をかゝへて、さん〴〵に笑つて笑ひこけました。

蟻はその時あんまり腹をかゝへて笑つたので、それ以來、蟻の胴はあんなに細くなつたのだとか話につたへられてゐます。

お晝飯でもやらうぢやありませんか。御馳走にはこの鮒がありますよ。御覧のとほり、腹なんか圓々としてゐて、肉はたつぷりありそうです。きつとうまいにちがひありません」

と、川蟬は鮒を地面におろすなり、さつそく料理にかゝり、まづ腹からと思つて、嘴で一突き突きました。するとどうでせう、腹の中から蝗がぴょんと跳び出ました。

川蟬はこれをみると、まるで狐にだまされたように、あつけにとられて、

「なんのことだ、蝗さんが中にゐたのか。道理で、鮒の腹が圓々してゐて重いと思つた」

と、いかにもばかをみたといつた顔つきをしました。ところが負けをしみの強い蝗は、自分が川蟬に助けられたことなどは忘れたように、

「へつへつへつ、いやどうもこんな重い鮒公を運んできたので、大骨だつたよ。川蟬さん、餘計な御手數をかけて御苦勞さま」

などと、恥しらずのことをいつたので、とう〳〵川蟬が怒りだし、嘴の先で蝗の頭をさん〴〵にこづきました。川蟬がこづくたびに、蝗は今の高言にもにず、ぴょこ〳〵と首

少しはなれてこの形勢をうかゞつてゐたのが川蟬でした。川蟬はいかにも冷笑するような口調で、

「相かはらず智慧の足りない蝗さんだ。あべこべに鮒の計略にかゝつて、たゞの一口でやられてしまつたぜ。ではいよ〳〵この川蟬大先生が、萬事を片づけてやるとするかな」

と、いかにも得意そうに、一二度尻尾で水の面をぴっぴっとはね飛したかと見るうちに、くるりと輕妙な宙がへりをして、水の底へすっと姿を沒しました。そして水の中にかくれた姿が、再び水の上にあらはれたときは、嘴にちゃんと、一匹の鮒をくはへてゐました。

「お手柄、お手柄」

と、蟻は岸からこの妙技をはやし立てました。

川蟬は蟻にほめられると、一だんと得意になり、短い小首をできるかぎり高くそびらかし、嘴を空向きにして、まるで凱旋將軍のようにゆう〳〵と岸に上つてきました。

「どうです蟻さん、吾輩の手なみに驚きましたか。しかし何はともあれ、一つこゝいらで、

三

蟻が見事にうまいものを手に入れたのを見ると、羨ましさにぢつとしてゐられなくなつたのは、例の食ひしん坊で、あまりかしこくない蝗です。

「蟻のやつ、先頭をきりやがつて癪にさはるな。おれだつてあんな小僧に負けやしないぞ」

と、大へんな憤慨ぶりで、蝗は眼をかつと赤くしながら、自分の見こんだ河の水の表を睨んでゐました。

ところが蝗の睨んだ眼にとまつたのが、岸の近くに遊んでゐる一匹の鮒でした。これを見つけた蝗は、さつきからの腹立ちと食ひ意地が手つだつて、何もかも忘れ、夢中になつて鮒を目がけて跳びつきました。鮒を生け捕りにしてやらうといふのが蝗の腹でした。そこで跳びついた蝗が、うまく鮒をつかまへたかと思ひの外、蝗の體は水の表から消えて、その跡に小さな渦がまはつてゐました。

などといろ〳〵かつてな空想を夢みて歩いてきます。まるで足もとは宙に浮いたような様になり、頭の上の餅のことなど、いつの間にか忘れかけたとき、ふいに足の指さきに、針ででも刺されたような痛さを感じたので、思はず、

「あ痛っ」

と片足をあげました。すると片足のあがつたはずみに、體の調子がくるひましたから、たちまち頭の上のものを地べたに落しました。

蟻はうまくそこをねらつて、餅の二きれほどをちぎりとり、す早く穴の中へ持ちこみました。

これを見た蝗と川蟬は、その早業にすっかり感心してしまひ、思はず、

「うまいもんだなあ。さすが永年この道で苦勞しただけあつて、實に見事な腕前だ」

と、嘆美の聲を發しました。

品をどこかにとゞけに行く途中と見えます。頭の上には、あの餅細工の飾りものを臺にのせて、運んでゆくところでした。

この祝ひ品の餅細工は、おきまりのめでたい花や鳥に形どつたもので、それが紅、青、黄のこてこてした色の餅でこしらへられ、見るからに賑しいめでたそうな感じのするものです。女中はこれを大事そうに頭にのせ、落したり、粗相のないようにと、腰でうまく調子をとりながら、ゆるり〳〵と歩いてまゐります。これをすばやく見つけたのが蟻です。

「來るぞ、來るぞ、大へんな珍物だ」

と、蟻は後肢で土を蹴りながら、かたづをのみ、まるで戰士が敵を待ちぶせするような身がまへをしました。

女の方はそれとは知らず、

「祝ひものをとゞける先で、今日はめでたい日だからと、何かよいもらひものがあるだらう、どんな物がもらへるか知らん」

ありませんか。それよりも、一つ本物の御馳走にありつく工夫をしたらばどんなものです」
蝗の申し出に、他の二匹とてむろん反對をとなへるはずはありませんでした。そこで蝗が相談をもちだしました。

「では一つわれ〳〵三人で、御馳走とりの競爭をやつてみたらどんなものでせう。めいめいが得意の腕くらべをやりながら、うまく食べものが手にはひれば、競爭を樂しんだり、御馳走にありつけたり、これこそ一擧兩得ぢやありませんか」

これをきいた他の二匹も、

「名案、名案」

と、さつそくに贊成しましたから、すぐに競爭の身支度をすることになりました。

そこで三匹のものは思ひ〳〵の見込みをつけて、それ〴〵の場所に陣どり、よい機會があつたら、けつして見のがすものかと待ちかまへました。

をりから向うから一人の女がやつてまゐります。女は使ひの女中らしく、何かお祝ひの

何しろこの大水つゞきでは、水の深さは深し、あのとほりの泥水で、魚をさがすったって、まるで暗に手さぐりも同じことです。かうなると、川蟬に生れたのが、いかにも情なくなりますよ」

といふ返事でした。

二

かう三匹がそろつてみますと、生きかたこそ違へ、食べ物に困つて、腹をすかしてゐる點はみんな同じことでした。

三匹の話はそこで、自然と御馳走の話となり、いろ〳〵とめい〳〵に涎を流させるようなうまいものゝ話をしだしました。すると食ひしん坊で怠ものゝ蝗は、もうたまらなくなつていひ出しました。

「かうやつて、いつまでうまいものゝ話をしたつて、お腹のすいた足しにはならないぢや

だよ。きゝ給へ、あの音が水の上を渡り波をふるはせてくる工合は、なんともたとへようがなくいゝぢやないか。まつたくいゝな。川蟬は流れるがまゝに水に身をまかせて、奏樂してゐるらしい。多分、まもなくこゝを下つて通るだらう。あゝいゝなあ」

と、蟻は、土にまみれた勞働服すがたで、腕ぐみをしながら、いかにも感にうたれてゐる樣子です。すると、川蟬はその前をば、水の曲をゆう〳〵と奏しながら下つてまゐりました。

　川蟬が近づいてきたとき、蟻は川蟬に聲をかけました。

「や、川蟬さん、この飢饉年に、ゆう〳〵と樂の妙音にひたつてゐるなんて實に羨ましい御身分ですね」

　かういはれて、川蟬は意外だといふ顏つきをして、

「とんでもない話だ。飢饉年の難儀は、この川蟬なんか蟻さんたち以上ですよ。氣樂そうに見える音樂あそびなども、實は腹がすいて、苦しまぎれに上げる悲鳴にすぎないんで。

「いや、まつたくもうだめですよ。かう今年のように雨ばかりつゞいては、せつかく落ちてゐた御馳走も、みんな大水で流されてしまひ、貯へは毎日へるばかりで、私たちのところには、今にも飢饉がきそうです。昨晩なぞは、窓から水がおしよせてきて、家中で大さわぎをしましたよ」

すると蝗も、いかにもそのとほりだといはぬばかりに、首をうなづかせて、

「そりやお困りだつたらう。しかしこの雨で弱らされるのは、お前さんばかりぢやない。この蝗だつて大水の心配は同じことです。少しはお日様も、われ〳〵のことを考へてくれそうなものだ。をや、蟻さん、河上でこの不景氣な時節に、音樂なんかやつてゐるものがあるぜ。それ聞えるでせう」

と、蝗はその長い二本の髭を、音の方向にさし向けました。すると蟻の方はいかにも心得顔に、またいかにも遠くへ心をひかれるような表情で、

「なるほど響いてくるね。しかし蝗さん、あれは川蟬さんの水の曲さ。あの人の得意の曲

五、蟻の細胴

一

ある夏の日の朝、一匹の蟻が、河のほとりで早くから忙しくはたらいてゐました。するとその樣子を、草の葉の高みから、まだねむたそうに見おろしてゐたのが、怠けものゝ蝗でした。蝗はいゝ話し相手が見つかつたのをよろこんで、さつそく蟻に話しかけました。

「やあ蟻さん、朝つぱらから忙しそうですね。どうです。何かよい御馳走でも御發見ですか」

かうたづねられて、蟻はいつもの我慢づよい性質にも似ず、なんだか元氣のない顏つきをしながら答へました。

×

それからあの石とお爺さんはどうしたかといふに、なんでもあの日、主人思ひの犬が、川の魚をお爺さんに持つてきたとき、石がその腹の中から出てきたので、お爺さんは再び元のように金持ちとなり、そのおかげで猫もお爺さんの家へ帰ることを許されたそうで、それから犬と猫とは仲はわるいが、いつも家の中に一しょに飼はれてゐるのだそうであります。

猫が自分を苦しめた上に、あの苦心の種の祕密の石を、口から落してしまつたことを知つたとき、犬は大へんに腹を立てゝ、一口に嚙み殺してくれようといふ勢ひで猫に飛びかかりました。それと覺つた猫の方は、すばやく傍に立つてゐた一本の木の上へ跳ね上つてやっと難を逃れて、命だけは取りとめました。

それ以來といふものは、もと仲の好かつた犬と猫は、仲のわるい間柄となり、犬は猫をみると、いつも吠えつき、猫の方は犬に會へば、すぐに逃げて木の上へ駈け上ることとなりました。そしてあの時さん〴〵に苦しんで水を飲まされ、岸へついてからのち、鼻から水を吹きだしたことが、今でも忘れられず、犬さへ見ると、昔のことを思ひだして、あのとほり水を吹くような音を鼻でさせるのであります。

それからおしゃれ屋の猫は、水に放りこまれて、大事の毛皮をひどく水にぬらしたり、冷したりしたといふので、それ以來は、とかく日向ぼっこをしたがり、また火のある暖かいところへよつてきては、體を溫める癖がついたといふことになつてゐます。

そこへ、猫は向うの岸に遊んでゐる子供に目がとまりました。猫は子ども達が見てゐると思ふと、いよ〳〵得意になつて、犬の尻を叩いて、まるで馬にでもかけ聲するようにかけ聲をしたり、犬の背で躍りあがつたりしました。これでは下になつてゐる犬はたまりません。猫が體を動かすたびに水の中へ沈まされて、そのたびに、水を飲んでは苦しみました。そこで、犬は水から首を出すごとに、猫にぢっとしてくれるように頼みました。しかし猫は犬のいふことなど少しも聽き入れず、相變らずあばれつゞけるので、さすが氣の好い犬ももう耐へきれなくなり、猫を水の中に放りだしました。

猫が背に乘つてゐないから、犬はまづどうにか岸に泳ぎつきましたが、ふいに水の中へ放りこまれた猫の方は、あまりのふいではあり、泳ぎは拙いから、猫は大あはてにあはててさん〴〵に水を飲みながら、危く命をなくすところを、やっとのことで、岸へ爪でかき上りました。

何より大事な石などは、むろんいつの間にか河底へ落してゐました。

「わかつてゐるよ。大丈夫だよ」

と、安請け合ひをして、犬の背に乘りました。

犬は猫を乘せると、向うの岸を目がけて泳ぎだしました。犬はもとより一しょう懸命でした。

しかし性根の狡い猫の方は、犬の背にのつてみると、なんだか、大將軍が千里の駒にでも跨がつたような得意な氣持ちになつて、犬の苦勞などはまるで忘れてゐるようでした。河が廣いので、下になつた犬はだん〳〵疲れてきて、脚は今にも動かなくなりそうになまりした。しかし自分が泳げなくなれば、犬と猫は溺れてしまふばかりでなく、ことに大切な石を河底に落してしまふと思ひ、犬は根かぎりの力を出して、水をかいて行きました。

ところが上に乘つた猫は、そんなことに頓着なくます〳〵いゝ氣になつて、

「犬さん、ばかに進行がおそいぢやないか」

などと察しのないことをいつてゐます。

かうして、犬と猫は長い間の苦勞が酬いられて、祕密の石を再びとりもどしました。

そこで犬と猫は喜び勇んで歸りの旅につき、やうやくにしてあの大河のほとりまできました。ところが、この前は冬で氷が張つてゐたから、容易に渡れたものゝ、今度はもう春になつて氷はありませんから、前のように越えるわけにはゆきません。

犬と猫は途方にくれました。そこで骨折りをいとはない性質の犬は、自分の背に猫をのせ、その代り猫は口に石を銜へて、犬の四つ脚と猫の後脚とで、泳ぎわたることに相談がきまりました。しかし犬は、平素猫の横着なのを知つてゐるので、心配になり猫に向つて、

「猫さん、この河はなか〳〵の大河で、たゞで泳ぎこすのだつて容易ぢやないのをかうやつて、私はお前さんと自分の二人分泳がなければならないんだ。それだから、背の上では靜かにしておくれよ。ことに口に銜へた石は、しつかりと落さないように賴むよ。いゝですか」

と、犬はくれ〴〵もいひふくめました。すると猫は例の調子で、いゝかげんに、

ひはある木作りの煙草の箱からくることを確めました。しかし木箱は嚴重に蓋がしてあつて、いくら爪先でかき上げても、開きそうにもありません。

そこで猫は自分の威光をもつて、家中の鼠をかり集めてから、鼠だけに命令を下しました。

「この箱に孔をあけいっ」

孔はたちまちに鼠の歯によつてあけられました。

するとまた猫は鼠どもに命令しました。

「箱の中の石を持ちだせっ」

一匹の鼠はちょろりと孔から箱の中へはひりました。はひつたかと見るまに、はやくも見覚えのあるあの石が、鼠の歯に銜へられて、孔の中からあらはれました。

四

何しろ山川を越えて遠い旅に出るのですから、運が惡ければ、もう二度とお爺さんのところへは歸れまいといふ覺悟で、犬と猫は出發しました。

なか／＼骨は折れたが、犬と猫は無事に朴さんの村につきました。心配してゐた大河は幸ひに冬で氷が張りつめてゐたので、難なく渡れたのは何よりでありました。

ところがさて、朴さんの村にきてみると、さすがたくさんの酒飲みの客がゐる村とて、なか／＼の大村で、たづねまはるのになか／＼日數がかゝり、いつの間にか一月、二月とたつてしかも未だに手がかりがありませんでした。

ところが搜索の家の順は、朴さんの家の番になりました。

犬の案内によつて、猫が朴さんの家の横がはに來ると、例の得意の忍術で、ひらりと家の窓のところに忍びより、そつと嗅ぎわけの鼻先をさし向けました。するとどうでせう。かねて嗅ぎ覺えのあるあの石の酒臭い匂ひが、ぷんと鼻をつくではありませんか。

占めたと思ふと、猫は窓からそつと跳りこんで、匂ひの方へやつてゆきますと、その匂

といはれて、犬は力のない聲で、

「うん知つてゐる」

と答へました。すると猫は言葉をつゞけて、

「あの村には、その他に酒好きのお客さんが、たくさんゐるんだ。もしやひょっとすると、あの村にではないか知らん」

といひますと、感じのよい犬は、この話をきくなり、たちまち跳ね起きて、

「そこだ、そこだ」

と吠えました。

三

で犬と猫は、いよ〳〵あの大河越えて岩山越えて、遠い〳〵朴さんの村まで、祕密の石の捜索の旅にでることになりました。

意の記憶術の鋭い鼻先の働きで、これまで酒を買ひにきてくれた人の家を、一軒ごとに嗅ぎだすのです。家が嗅ぎだされると、次ぎは猫が專門の忍術で、その家の中へ忍びいり、家のなかを、鋭い眼と鼻で捜しまはるといふことに手筈を定めました。

かうやつて犬と猫は近い村々から、だん／＼遠い村々の、それと思ふ家を探してみましたが、どうしても石のありかゞ知れませんでした。犬も猫も全くがっかりしてしまひました。一時は元氣がぬけて、垣根のところにぼんやりとうづくまつて、日なたぼっこをしてゐるばかりでした。

ところがこんな時になると、鋭い智慧をだす猫は、垣根のところに物憂そうに背を丸くして寢てゐながら、犬にいひました。

「犬さん、私の考へでは、どうもこの石は、とてもここら近くの村にはないと思ふんだ。あの廣い大河の向うの、そのまた向うの岩の山を越えたところにある、大酒飲みの朴さんの村を知つてゐるだらう」

この様子を朝夕に見てゐたのが、お爺さんところの犬と猫でした。親切でいゝお爺さんから、これまでうけてきた長の恩を思つては、さすが横着者の猫もしょんぼりとしてしまひ、近ごろは髭の掃除すら忘れるくらゐですから、まして主人思ひの犬の方は、その心痛も一とほりでなく、お爺さんに尾を振つてみせる元氣すらなくなつたほどでした。

しかし、いつまでかうしてゐてはお爺さんに濟まないといふので、犬と猫とは内々相談をして、なんとかして、あの石を捜しださうといふことにしました。そこで日ごろ考へ深い犬はかういひました。

「この石はお爺さんが酒を酌むとき、過つて酒と一しょに石を酌みだし、それをお客の酒に入れてやつたに相違ないと思ふが、猫さんの考へはどうです」

猫もさうだらうと思ひました。

そこで犬と猫とは、いよ〱あの石を捜しに出かけることになりました。

しかし、どこといふ當てもなく捜したつて仕様がありませんから、そこでまづ、犬が得

匹は、甕の底の祕密をちゃんと心得てゐました。

二

ところがある日、一大事が起りました。

甕の酒がどうしたわけか、湧いてこなくなつてしまひました。酒酌みの半割り瓢箪で、四五杯もくまないうちに、もう〳〵底の方が見えだしてきたのです。をや變だと思つて、お爺さんが底をぢつと見つめると、これはことだ、底に隱してあつた朱い小石は、いつなくなつたか、もう影も形も見えませんでした。

大切な祕密の石を失つたお爺さんは、大へんに力を落しました。酒店を閉めてしまはねばならないからでした。店を閉めて商賣ができないから、お爺さんはだん〳〵貧乏になつてきました。このまゝで行けば、一年もたゝないうちに、乞食でもせねばならないほどに困つてまゐりました。

このように酒はたゞで出來るのですから、お爺さんは酒を安く〳〵賣りました。酒が安いので、お爺さんの店はいつも大繁昌で、お金はたまるばかりでありました。

それなら、なぜお爺さんの酒甕からは、このように酒が出てくるのであらうかといふのですか。さう不審に思はれるのも尤もです。お爺さんところの酒甕は、決してたゞのものではないので、實はその底に不思議な石が隱されてゐるのでした。

石は小さな朱石に過ぎないのですが、この石さへ甕の中に入れて置けば、酒はこの石からいつでもこん〳〵と湧いて來て、つきるといふことはないのでした。生れつき人の善い正直なお爺さんでしたが、この石の祕密だけは、だれにも打ちあけたことがなかつたから、お爺さんは、誰もこの祕密だけは知るはずがないと信じてゐました。しかしそれはお爺さんの考へちがひでお爺さんの家の內に、ちやんとそれを知つてゐるものがゐるのです。誰も人はゐないぢやないかといふのですか。もちろん人間は、お爺さんの他には、影一つ見えませんが、その代り、お爺さんに可愛がられてゐる一匹の犬と猫が控へてゐて、この二

四、酒のわきでる石

一

むかし〳〵、ある村に、一人の酒賣りのお爺さんがありました。お爺さんには妻や子供といふものがなく、まつたくの獨ものでした。

不思議なことにお爺さんは、これまで酒を造つたこともなければ、酒を他から仕入れたこともありません。お爺さんの酒容れといへば、たゞ一つの小さい粗末な酒甕が、家の片すみのところに、寂しそうに立つてゐるばかりですが、それでゐて、たとへ幾百人の人が買ひにきても、酒がつきて困つたといふことはなく、お爺さんが、瓢箪を半割りにした柄杓で、甕の中から酌んでも酌んでも、決して酒のつきたためしはありませんでした。

ゐんだ。多分お前は、よくない心をもつてやつたにちがひない。その上あの、たく、たくなんて餘計な掛け聲はなんだ。あんな聲をかけられたんで、おれの苦しみは倍になつたんだ。おれの苦しみを倍にした酬いに、お前の苦勞も倍にしてやるからさう思へ」

あくる朝、男は眼をさましたとき、頭をあげようとしたところ、急に頭が重くなつてゐて、容易にあがりません。變だと思つて、ふと右の手をあげるはずみに、右の頰に手がさはると、そこには大きな新しい瘤が、いつの間にか出來てゐました。男は驚いて、左の古瘤はと手をやつてみると、左の方には相かはらず、大きいのが頑ばってゐました。瘤が二つ、定めし苦しみも二倍になつたことゝ思はれます。

にふれ巡りました。

ところが、この村にまた一人の左の頰に瘤もちの男がゐました。しかし、この男は前の男とは生れつきが全く別で、惡者の嫌はれ者として、村で大へん憎まれてゐました。憎まれ男は、さきの男の話をきくと、一刻もぢっとしてはゐられません。すぐにその足で長承のある場所へやつてゆきました。その場所に着くと、男は長承のわきに陣どり、夜になり、夜更けになるのを待ちかねてゐました。

夜が更けました。すると果して長承は、例の掛け聲で駈けまはります。男はいゝ折りを見はからつて、一しょう懸命に駈けまはり、その上、自分勝手な掛け聲までいれて、威勢よくさん〴〵に駈けてから、もとの場所にかへりました。するとやはり眠氣がさしてきたので、男はそのまゝ寝いつてしまひますと、夢に長承が現れてきました。しかし今度は長承は大へん荒々しい聲でかういひました。

「お前はおれを苦しめたな。お前の聲をきくと、いよ〳〵このおれの胸が苦しくなつてく

らいはれました。

「自分はさきの長承だ。實は自分はある天罰をうけて、未だに死にきれず、その苦しさのあまり、あゝして毎夜、人目につかない時刻に駈けまはるのだが、もう何百年となくかうしてゐるので、その苦しさといつたらないのだ。ところがお前はさつき、自分の代理をして駈けまはつてくれたが、あれで自分はどれほど助かつたか知れやしないのだ。そこでお前の親切の御禮に長年の苦勞の種であるお前の瘤をとつてやらう」

あくる朝、目をさますと、男は昨夜の妙な夢のことを思ひだしたので、ほんとうとも考へられなかつたが、念のためそつと頰に手をやつてみると、夢の告げは決して嘘ではなくつて男の頰から、瘤は全く消えうせてゐました。

三

男は思ひがけない仕合せな目にあつたので、このことを村に歸ると、大よろこびで村中

男はこの様子をみてゐると、最初のうちこそこはかつたが、あの一本脚で、苦しく息をしながら、駈ける工合が、いかにもをかしくもあり、また心から憐れにも思はれたので、だん〲怖さを忘れてきました。怖さがへるにつれて、あの長承の、ひるん、ひるんといふ掛け聲の調子が面白くなつてきたので、自分もその眞似をしてみたくなりました。そこで男は思ひきつて、自分もひるん、ひるんと叫んで、そこらじゆうを駈けまはつてみました。

すると不思議にも、長承はもとの場所に歸つて、靜かに男のするさまを、いかにも滿足な顔付きでながめてゐます。長承が怒るかと思つて、怖々駈けてみたのだが、怒るどころか、なんとなく長承は喜んでゐるらしいように見えるので、男はなほ二三回同じように駈けまはつてから、一休みしますと、今度は俄に睡氣がさしてきて、いつの間にか倒れるように寢入りました。

すると男は夢をみました。その夢のなかに長承が現れて、男はこんなことを長承か

妙な晩だなと思ひながら、男がふと眼を上げると、暗の中に、あのひよろ長い首を立ててゐる長承の鼻から、白い息が噴きだされるように見えます。をや變だな、氣のせいかしらんと思つてゐるうちに、今度は、長い頭が、ゆら〳〵と搖れだしました。搖れはだんだん大きくなつてきました。搖れるにつれて、長承はあの大きな齒をくひしばつたりがらがら鳴らしたりしながら、呻き聲をあげはじめました。

男は驚きと恐ろしさで體がすくんだようになつたが、眼だけは自然に長承の樣子にひきつけられてゐました。

すると長承は男のゐることに少しも氣がつかないかのように、俄に、あの首と一本脚の體でかけだしました。一本脚とはいへ、その早さといつたら、虎でもかなはないほどです。長承はかうして駈けながら、しきりに、ひるん、ひるんといふ聲を發します。一まはりあたりを駈けをはると、長承はもとの位地にかへつてきて、しきりに苦しそうに溜め息をしてゐるが、間もなくまた、同じように息を切らして駈けまはるのでありました。

右の片頰に大きな瘤をもつてゐました。起きるにも寢るにも、また步くときにも、とかくこの瘤が邪魔になつてしかたがなく、ことに人前に出たときの恥しさは、つく〴〵この瘤をうらめしいものに思ひました。しかしどうすることもできず、いや〳〵ながら永い年月を過してきました。

男はあるとき旅に出ました。何しろ朝鮮の田舍の旅だから、路は步きにくいし、人家は稀で、男が、ある泊めてもらへる家にたどりつかないうちに、はやくも夜になつてしまひました。かうなつては、野宿するより他に仕方がないので、ちょうど近くに立つてゐた長承のそばへいつて、ともかく寢てみようとしました。

しかし、寂しい野の中にたゞひとり寢てゐるので、なんとなく氣味がわるくつて、とても落ちついて眠られません。眠つたかと思ふと、すぐにまた何かに起されるようです。氣のせいか、夜風の冷たさが、なんとなくいつもとは違ふようで、死骸にでもふれたように、ぞつと身にしみてゆきます。

な呻き聲をだしたり、深い吐息をついたりすることがあるとか申します。

長承の由來についてはいろ〳〵な傳說がありますが、その中の一つの傳へによりますと、むかしある高貴の人で、深い罪を犯したかどにより、首を切られてさらし首として、人に見せられたものがあつたのを、いつの時代であつたかある心ある人が、その首の姿をこのように物に刻みつけて、後の世の戒めのためにのこしたところ、首を切られた人は、自分の罪のために、死人のゆくべき國へもゆけず、未だにこの世の苦しみをうけて、あの通り、眞夜中に、人がやす〳〵と樂しい夢を結ぶころになると、あべこべに、苦しみに堪へきれなくなつて狂ひだすのだとか、ともかく次ぎの話は、さうした長承について傳へられてゐる一つの童話であります。

二

むかし、まことに人のよいある男が田舍に住んでゐました。この男は氣の毒なことには

毛を生して、乞食坊さんかと見えるのもあり、それかと思ふと、顔に白粉や頬紅で化粧してゐて、どうも女らしいなと思はれるものもあります。

この柱の怪物が、土から空へぬっと首をさしのべて、路ゆく人を見下したり、睨んだりしてゐるのに出會ふと、なんだか一種の凄みに襲はれます。しかしまたふり返つて今一度よく見ると、そのなんともいへぬ間ののびた、のっとした顔付きと相對して、思はず吹き出すかも知れません。それから顔の下にぎよう／＼しく『天下大将軍』だとか『地下女将軍』だとかの文字が、彫りづけられてゐるのに氣がつくと、いよ／＼わけのわからぬ變なものになつてくるでせう。

これを朝鮮では長承といひます。今でも田舍の人の多くは、長承を旅行や村の守り神として恐れあがめ、それを村の入り口などに立てゝ、祟り神や惡病よけにするのであります。

この長承は時々夜ふけに、あの首と一本脚の體で駈けまはり、その折りには悲しそう

三、柱の入道と瘤男

一

朝鮮の田舎へゆくと、村の入り口のところの路ばたなどに、時をり奇妙な恰好で、なが〳〵とした人の首の形の柱が立つてゐます。まるで柱の大入道のように、松の木の陰からにゆつと顔をだしてゐたりして、こんなものにふいに出あふと、全くびつくりさせられるでせう。人間の首から上だけの姿を、巾七八寸から一二尺ぐらゐ、高さ七八尺から一丈をこすような材木や、石に彫りつけたもので、顔にはこて〳〵とした彩色が施されてあります。

いかめしい冠をいたゞいて、まるで閻魔樣のようなのもあれば、頭にしょんぼりと薄

來、鵲は人家のほとりに巣を構へて、今でも小首を傾けては人家の樣子をうかがひます。そしてその聲はあのとほり喉を絞るようなかなしそうな叫びとなつてゐるのであります。

ではあの藥は一體どこへいつてしまつたでせう。

これは鵲の眠つてゐる間に、松の木が嘗めてしまつたのだそうで、そのため松は不死の靈力をうけて、もはや冬になつても落ち葉のしない、綠の色の四時ともに衰へない常磐木となりました。

それならあの書き付けの行方はといふと、これは金剛山の仙人がこっそり持つていつてしまつたためで、だから仙人はそれ以來、不死の靈藥の調製法を心得てゐるのだとか申します。

付けはどうしたらう、まさかどうもあるまい」

と思つて、首のところを探つて見ると、もう遲い。藥も書き付けも何者にか盜みとられてゐました。

「これは大へんな事をしてしまつた。大へんな事をしてしまつた。しまつた」

と、鵲は氣狂ひのように飛びまはり、狂ひまはりながら、あたりを搜しました。

鵲は、これは人間の業と一途に思ひこんで、まづ人里へ飛んでゆき、人の家のあたりを軒ごとに覗きまはり、藥と書き付けの行方をたづねて、うろ〱しました。

鵲は狂ひ飛びながら、泣いては呼び、呼んでは泣きました。呼んで泣いて、聲は切れ〲にかれ果てゝしまひましたが、それでもなほどこまでも〱人家のあたりを離れずまたそのかれ果てた聲をしぼりだし、張りあげるのをやめませんでした。

このようにして、鵲は大切な使ひを果さなかつたので、その事を悲しみとし、また上帝に誓つた言葉もあるので、もはや天上へは歸らず下界に留まることになりました。それ以

すると、とろりとなりかけます。いくら安心しても、眠つてはならないと鵲は一心に氣を張りつめて睡氣と戰ひました。

その時、あたりに、にはかに聞きなれない音樂が響きだしました。どこから來るともないが、そこら一帶の松の林の幾萬本の木が一つになつて、靜かに〳〵合奏をやつてゐるらしいのでした。その「さーっ」といふ低い遠々しい轟きが自然の大氣にとけゆく音は、なんともたとへようのない妙音でした。鵲は全くいゝ氣持ちになつて、うっとりしながら、

「いゝ音だなぁ、これが久しく噂にきいてゐた松風といふやつか。あゝいゝ響きだ」

と思つてゐるうちに、いつの間にか鵲は、前後正體もなく寢入つてしまひました。

このように重い使命を持ちながら、大事なところで眠りに負けてしまつた鵲は、やがて幾時かたつて目をさましました。鵲は自分が思はず寢入つてゐたことに氣がつくと、驚きのために全く氣を失ふほどでした。

「これはとんでもない失敗をやつた、殘念なことをした。ところで何より大切な藥と書き

すると眼の下には、はやくも下界の海や陸が現れだしました。どこへ下りたものかと鵲はその降り場をさがして眺めてゐますと、その時はるか眼の下に、不思議な恰好の岩山が幾つとも知れず筍のように立ちならんでゐるのが眼にとまりました。これは下界で名高い金剛山といふ朝鮮の名山でした。あまりに奇妙な山の姿にすっかりひきつけられて、鵲はとう〳〵金剛山の、とある松の梢にまづ降りたつことにしました。

何にしても長い〳〵旅であり、またもう一心不亂に休みもせず眠りもせずに飛んできたので鵲はやうやくのことで、金剛山の松の枝にとまつて一息つくと、にはかに體の疲れが出てきて、もう動く力も元氣もなくなりました。するとその時、鵲は考へました。

「もうかう下界に無事についてしまへば、あとは人間に藥と書き付けをわたすだけのことだ。別に何も面倒な用は殘つてゐやしないさ。だからこゝらで、一休みしたつて差し支へのあるはずがないのだ」

と、かう氣がゆるんでくると、長い間の疲れが出て、ことに眠氣がさしてきて、うっかり

三

人間界へ使ひをする大命をうけた鵲は、非常に喜び勇みたつて、さつそく天の河原の星の水に體を潔め、支度をととのへると、上帝から靈藥と靈藥調製法の書き付けを受けとつて、それをしつかりと首に結びつけ、いよ〱天界から飛びだしました。

一しょう懸命の使ひですから、鵲も今度こそはどんなことがあつても、それに心を奪はれたり、またどんな困難にも打ちまけるようなことがないようにと、固い決心をもつて旅立ちしたのでありました。そこでこれまで見たい〱と思つてゐた、七星や北斗星などもわき目もふらずにす通りして、たゞ一文字に下界をさして飛んでゆきました。

はてしない虛空もやがて難なく飛びぬけると、天上界と下界の境にあるあの五段の雲にさしかゝつたが、その夢のような美しさ華やかさにすら目もくれず、たゞ下界へ下界へと羽ばたきをゆるめることなく、眞直に空を切つてゆきました。

すると鵲は重ねて、

「御もっともでございますが、今度といふ今度こそは、この鵲も非常な決心をもつてお願ひいたしますので、必ず命にかけても使命を果してまゐります。もしもこの使命を果さないようなことがありましたならば、この鵲はもはや再び天上に歸つて來ない覺悟でございます」

と、三度羽ばたきして、短い首を、ぴんとそらせながら、いかにも自分の胸には覺悟があるといふ樣子を示しました。上帝はこれを御覽になると、鵲の熱心な心持ちをあはれと思はれて、

「鵲や、お前にそれほどまでの決心があるなら、よもや過ちはあるまい。ともかくお前をこの使ひに立てるから、用意をするがよからう」

と、鵲の願ひをきゝいれられました。

してから申し上げました。

「こんどのお使ひはぜひこの鵲にさせていたゞきたうぞんじます。必ずその使命を果してまゐりますから」

上帝は鵲の言葉をきくと、あまりお喜びになられませんでした。鵲はいったいが怠ものであり、また大へん物好きな性分なのを、上帝にはよく御存知だからでありました。で上帝は鵲にいはれました。

「鵲や、お前の志しは感心なものではあるが、しかし、こんどの使ひの役目はなか〱容易なものでないぞ。人間界までの道は遠いし、またあそこには、天界ではとても見られぬさま〲の珍しい物がある。だからお前のような我慢の足りないものや、物好きはつい途中の困難で嫌氣がさしたり、また何か珍しいものに、氣をとられたりして、遂には大切な薬をなくすようなことがないとも限らないのだ。どうもこの點でお前では安心ができないな」

二

人間から死をとり去るためには、人間に不死の靈藥を與へるより他はありませんでした。なにしろ不死の靈藥といへば、天上の神々ばかりが飲むことのできる大切な藥なので、上帝には自ら天宮内の秘密殿にこもつて、眞に心をこめておつくりになり、その上にこの靈藥調製法を書きしるした書き付けをこしらへられました。

かく、藥はでき上つたもの丶大事な藥なので、この藥を持つて、人間界へいつてくるものは誰かといふことが、またむづかしい問題でありました。

「さて誰を使ひにしたものであらう」

と上帝にはいろ〳〵と思案にくれてゐられます。とそこへふいにまかり出たのが、あの天の河原のほとりに、渡し守をする鵲でありました。（朝鮮では内地の鵲にあたる鳥をかちといふのです）

鵲は上帝の御前にまかりでると、尻尾をぴんと三度うや〳〵しくはね上げて、最敬禮を

に考へられるようでございますが」

「なにたゞの一つだと、ではその一つとはなんであるな」

「一つと申しますのは、つまり人間に死があるといふことでございます。神々のように死なない身となつてみたいといふのが人間の願ひで、それがかなはないため、あのとほり、嘆き、悲しみ、不平があるのでございます」

これを聞かれた上帝は、

「あゝさうであつたか。しかし人間といふものは天の恩を忘れ、まことにわが儘者で困つたものだ」

とは思はれましたが、しかしもと〳〵人間は、一ばん神に近い身分であつてみれば、まさかこのまゝに棄てゝおくわけにもゆかないので、やむを得ず、上帝には人間にも、死のない生涯を送らせることにしようといふことに決心されました。

西王母といふ女神の使ひであるところの、千里眼の白鶴に下すことにしました。

白鶴はこの大命をうけると、さっそくに出發の用意をとゝのへ、千里眼の力をかりてぢつと、行くさきの方向を見さだめてから、一時千里をとぶ翼をひろげたかと思ふ間もあらせず、恐ろしい勢ひをもつて飛びだしました。白鶴は空を飛びぬけ空を飛びぬけして、間もなく天上界と下界との境に棚びいてゐる、五段のあや雲をもつきぬけ。はやくも下界の雲の中にその姿を沒しました。

やがて幾日かののち、はやくも白鶴は上帝の玉座の前に現れました。

「あゝ白鶴、長い旅路でまことに御苦勞であつた。してお前の返事はどうであるな」

といふ上帝のお言葉に對して、白鶴はかしこまつてかう申し上げました。

「こんどの視察において人間のさまを見ましたところでは、あの人間の嘆きや悲しみなどの原因は、まことにさまぐ〜で、何千とも何萬とも數へつくせぬほどでございます。しかしこのように數かぎりのないほどの原因も、押しつめてみますと、因は、たゞ一つのよう

中のものも、どれ一つとして授かつた運命に滿足して、その日その日を歡び樂しまないものはありませんでした。玉皇上帝はこのさまを遙か天上から眺められて、大へん滿足に思はれました。上帝は、そこで自分の一ばんかわゆく思つてゐられる人間は、どれほど歡ばしい生活を送つてゐることかと、ふとその方へ注意の御眼を向けられました。するとこれはまたなんといふ思ひがけないことでせう。どこを眺めても、人間界には嘆きと、悲しみと不平の聲をきかぬところはありません。

「これは意外なことだ。最も幸福を授けたはずの人間に、こんなことがあらうとは、とても考へられないことだし、またまことに殘念である。このまゝに棄てゝはおけない。さつそくにかうなつた原因を取り調べてみねばなるまい」

と、上帝はこの取り調べかたをば、臣下の一人にいひ付けることにいたしました。何しろなか／＼に重大な役目なので、この使ひにたつものを選ぶのに、上帝にもいろ／＼と苦心の末遂にこの大命をば、あの千里の雲にとざされた崑崙山といふ靈山にかくれてゐる、

二、松の緑

一

大むかしのころ松の葉は、秋風の吹くころから、だん〳〵黄いろくかさ〳〵としたものになり、雪のふる時分には、一葉のこらず枯れおちて、枝はから〳〵坊主となり、まことに見っともない木でありました。ところがその松の木が、今ではあのとほり年中緑の葉をつけて、色變ることのない常磐木であります。なぜこのように變つたのでせう。そのわけを知りたいお方は次ぎの話をお讀みください。

むかし〳〵、天地萬物ををさめて、人間の運命をつかさどられるあの玉皇上帝が、ある時、雲の間から下界の有り様を眺められました。すると下界の萬物は地の上のものも海の

國はどんなところだか、小豆鼠は見たくつてたまらなかつたので、自分もまた大豆鼠のまねをして祈りました。すると祈りがかなつたのか、籠が天からする〱と降りてきたので、小豆鼠はすかさず籠に躍りこみますと、籠は天に昇つてゆきます。

籠がしだい〱に地上をはなれてゆくので、小豆鼠ははや仙女にでもなつたつもりで、得意になつて、下界を見下して獨樂しんでゐました。しかしその歡びはほんの一時の夢でした。といふのは、この籠の綱は、前のものとは似ても似つかない古い腐れかけた繩でしたから、籠がかなり高く昇つて、小豆鼠が今やまさに得意の絶頂になつた時、繩はたちまち中からぷつりと切れて、籠は雲のほとりから、秋の落ち葉の北風にあふられるようにくる〱と舞ひ落ちました。小豆鼠の命がなかつたことは申すまでもないことです。

ところで、小豆鼠が落ちたところは、ちょうどある唐黍の畑の上でしたが、唐黍はそのために小豆鼠の血に染りました。なんでもあの唐黍の莖にあの紅い筋や點があるのは、その血の跡だとかいひ傳へられてゐます。

樂しみもございません。どうぞ私をあはれと思し召して。天上におよび下さい。そして。もしもできることなら。もとのお母様のお膝もとへやつて下さいませ」

するとこの時。にはかに天上になんともいへぬ美妙な音樂を奏する音がきこえたかと思ふと。たちまち空に五色の彩雲が湧きたち。舞ひさがつてきました。大豆鼠は驚いて天を見あげますと。雲の中から流れるような輕い着物を身につけた玉皇上帝のお使ひとしての仙女が、ひら〳〵と舞ひさがつてきました。また仙女のわきには一本の綱が天から垂れさがつてゐて。その綱の端には、一つの籠が縛りつけられてありました。その時、仙女は神々しくもまことにやさしい御聲で。

「玉皇上帝様はお前の願ひをきゝいれられましたぞ。はやくこの籠にお乘りなさい」

とおつしやいました。大豆鼠は嬉し涙にくれながら籠の中の人となりますと、籠は美妙な音樂につれて、仙女の舞ひ上るのと一しょに、する〳〵と引きあげられてしまひました。

一切の樣子をうかがつてゐたのが小豆鼠でした。大豆鼠の昇つていつた玉皇上帝のお

くやしくつて腸が煮えくりかへるようでしたが、どうも大豆鼠を責めようがないので、その日はだまつてゐましたが、繼母は腹の中で考へました。

「これはきつと何か深い祕密があるに相違ない。この祕密をつきとめて、この次ぎこそ、いよ〳〵あの子を生かしてはおかない」

と、いろ〳〵と計略を考へぬいたすゑに、ある日、大豆鼠に刃のない鎌を渡して、それで一倉の薪を採つてくるように命じておき、また一方には小豆鼠をこつそりとそのあとにつけさせ、大豆鼠の祕密をさぐらせることにしました。

さて大豆鼠は今度のいひつけをうけると、もはや生きる望みを持ちませんでした。そこで大豆鼠は兩手を合せ、天を仰いで、天地を治め人間の運命をつかさどる玉皇上帝に涙ながらにいのりました。

「天上の玉皇上帝樣、私はこれまで、今のお母さまに、私の出來るかぎりおつくしいたしました。しかし私の力はもう盡きてしまひました。私はもはや、この世になんの望みも

い」

と覺悟をきめて、たゞぼんやりと空をみつめてゐました。すると不思議、天が俄に、黒雲でおほはれ、恐ろしい雷のような轟きがおこりました。しかしこれは雷ではなくつて、どこから現れてきたのか幾萬といふ雀の群れでした。雀の群れはあの繼母が大豆鼠にわたした籾のところへ、一齊におり立ちました。そしてあの十石の籾の粒を嘴で、ちくちく〱とつゝきだしました。まるで幾萬の雀が籾つきにやとはれたように、その嘴でつっついてくれました。十石の籾がいつの間にか一粒のこらず、ぴか〱した上等の白米と變ってゐました。そして白米が十石のこらずつき上ると、あの幾萬の雀はまた雲のごとく空に消えてしまひました。

六

家に歸ってきた繼母は、大豆鼠からちゃんと出來あがつた十石の白米を見せられると、

らめてゐたのでありました。

五

重ね〳〵の失敗のすゑ、繼母はあることを思ひつき、今度こそきっと大豆鼠を困らせてひどいめにあはせてやらうと考へました。

そこである日、繼母は大豆鼠に十石の籾をあたへて、

「これをお母さんが歸つてくるまでに上等の白米についておくんですよ。それが一粒でも出來損ねがあると、今度といふ今度はきっと許しません。打ち殺すからさう思ひなさい」

といふ殘酷な言葉を殘して家を出てゆきました。

大豆鼠はこのいひつけをきくと、もう。とても助からないと思ひました。いひつかつたことをする氣力もぬけてしまつて、

「この上はいっそお母さんの棒に叩かれて、一刻もはやく死んでこの世の苦痛をのがれた

しました。すると大虎はそんな悲しみの聲なぞには少しも耳をかさず、怒りの牙をむきだしながら、いきなり小豆鼠の頸筋をがくりと銜へて、そこら中の藪や棘の中を引きずりまはしました。思ひがけないめにあつて、小豆鼠は大へんな傷を負ひ血にそまりながら、今度はほんとうにの悲鳴をあげて泣きさけび、救ひをもとめるといふ騒ぎです。すると大虎はさん〳〵に小豆鼠を苛めぬいてから、たちまち山のかげに姿をかくしてしまひました。

このようにして、やうやく虎の難をのがれた小豆鼠が、血みどろになつて家に歸つてきますと、あてにして樂しみに待ちくたびれてゐた林檎は手に入らず、その上、かわいゝ娘の小豆鼠がひどいめにあつてきたのを知つて、繼母の怒りはほとんど氣も狂はんばかりでした。怒りにまかせて、繼母は洗濯につかふ布打ち棒をとると、

「この嘘つきめが」

と、大豆鼠をさん〳〵になぐりつけました。大豆鼠は繼母の打つがまゝにぢつとその責めを受けながらたゞ齒をくひしばつてゐました。とてもいひわけをしてもむだであるとあき

このようにして繼母の計略は今度もまた見事に失敗しました。そこで繼母は昨日のことをいろ〳〵と大豆鼠にたづねて、何かそこに祕密があればさぐり出さうとしました。大豆鼠はもとよりなんの惡い考へをもつてゐませんから、昨日の出來事を詳しく繼母に語つてきかせました。この話をきくと繼母は、たちまち欲心がむら〳〵ときざしてきて、

「そんなことなら、明日は一つ小豆鼠にその山奧の畑を耕さして、虎からそのおいしい林檎をうんとたくさんもらつてやらう」

と考へて、次ぎの日には、わざと小豆鼠を、その山奧の荒れ地へ木鍬を持たしてやりました。

小豆鼠は山の荒れ地につくと、繼母のいれ智慧によつて、わざと木の鍬を側において、いかにも悲しさうに「あいごー、あいごー」と聲を立てゝ泣いてゐました。

はたして山奧から大虎が現れてきました。小豆鼠は虎の出てきたのをみると、こゝぞと思つて、いよ〳〵「あいごー、あいごー」と、いかにも悲しさうな聲をたてゝにせ泣きを

ほどのうまさでありましたから、思はず一つまた一つとたべてゐたので、いつか日がくれて夜になつてしまひました。

思はずおそくなつてとんだことをしたと、大豆鼠は大いそぎで家に歸つて來てみますとはや戸がしめられてをります。大豆鼠は戸を叩いてみました。すると內から小豆鼠の聲がして、

「今ごろ歸つてきたものには戸はあけられませんから、どこへなりといつて下さい」

といふ意地の惡い返事です。そこで大豆鼠は林檎の一つをそつと戸の孔から差しいれてみました。小豆鼠はそれをみるとあまりに美しくおいしそうなので、思はず手にとつて一口たべてみました。とてもおいしい林檎です。そこで小豆鼠はそのうまさに心までもとけてしまつて、さつそく戸をあけてやりました。

四

泣いては亡くなつた、なつかしい母の名を呼びながら、

「私はどうしてこのように悲しい運命に生れたのでせう」

と、天を仰いで嘆きました。

すると不思議にも今度は山奥から大きな虎が跳びだしてきました。大虎は大豆鼠があっと驚く間もあたへぬほどの早さで、大豆鼠の側にあつた木の鍬をくはへたかと思ふと、まるで土にその脚先がつかぬほどの勢ひで畑を耕しだしました。畑は見てゐる間にきれいに耕されをはりました。大豆鼠はたゞもうあっけにとられてぼうっとしてゐます。虎は、

「驚くことはない、そこに待つてゐなさい」

といふ言葉をのこして、森の中に消えたかと思ふと、こんどは、たくさんの林檎の實のなつてゐる木の一枝をもつて現れ、それを大豆鼠の前にぽんと投げだしたかと見るまに、その姿は山の奥の奥へとかくれてしまひました。

大豆鼠はためしに林檎の一つをたべてみましたら、とてもこの世のものとも思はれない

大豆鼠を見たり大鍋を見たりしてゐるより外にどうしようもありませんでした。

三

せっかくの計略がすっかり失敗に終ったにつけ、繼母はます〳〵大豆鼠が憎くなりました。そこである日のこと、繼母がまた用事で外へゆくとき、二人の娘に畑の爲事をいひつけました。そして小豆鼠には金でできた上等の鍬を渡して土の軟かな畑を耕させ、大豆鼠には木作りの古鍬を渡して、山の奥の寂しいところで、石だらけの硬土の畑を耕すようにいひつけました。

「歸りまでにちゃんと耕してないと、ひどいめにあはせるよ」

といふのが、繼母の出ぎはに殘していった言葉でした。

この日も大豆鼠は、畑に獨り立つて泣きました。こんな寂しい硬い荒れ地を、木の鍬一つで、まだ年のゆかない少女に耕せるはずはありません。大豆鼠はたゞ泣くばかりでした。

底なしの鍋を渡されて、大豆鼠はいったいどうしたならば鍋に水を滿せるかと、いろ〳〵工夫をしてみましたが、もとより滿せる法のあるはずはありません。大豆鼠は、內の裏の方に出て獨で泣いてゐました。すると不思議なことには、向うの川からふいに一匹の大龜が出てきました。この大龜は現れたかと思ふ間もなく、さっと大鍋の中へはひりました。大豆鼠は、をやっと驚いて鍋の中を見ますと、龜の姿はどこにも見えず、たゞ鍋の底のあの大きな孔は、しっくりとふさがつてゐて、普通の鍋の底と少しも差別のつかないようになつてゐました。大豆鼠はありがたいと思つて、急いで鍋に水を汲みいれてみましたら、水は一滴ももれることなく、たちまち鍋にいっぱいに滿されました。

さて繼母は、およばれの先から歸ることになりましたが、歸りの途中でさっきのいひつけのことを思ひだして、「さだめし大豆鼠が弱つてゐるだらう」と、心の中でいゝ氣持ちになつて內についてみると、これはまたどうしたことだらう、あの底なしの鍋に水が、なみなみと滿されてゐるではありませんか。繼母はこれを見ると全くあっけにとられて、たゞ

その後に出來た新しいお母さんに育てられました。ところがこのお母さんといふ人は、性質がまことにひねくれてゐて、何かにつけ大豆鼠につらく當りましたが、自分にもまた一人の女の子が生れてからといふものは、いよ〳〵大豆鼠を惡い邪魔者としました。

母親は、自分の生んだ子に小豆鼠といふ名をつけ、何ごとにも小豆鼠と大豆鼠と分けへだてをし、隙きさへあればどうしたら大豆鼠を苛められるかといふことばかり考へてゐるほどでした。繼母の方はこのように邪見であつても、大豆鼠は決して繼母を怨むようなことなく、たゞ一心になつてお母樣に仕へました。しかし大豆鼠からさうされると繼母の方はなほさらに齒痒くなつて、何か大豆鼠を苛めぬく法はないかといふ考へは日ましにつのるばかりでありました。

ある日のこと、近所にお祝ひがあつて繼母は、そのお祝ひによばれました。そこで繼母は二人の娘の子を呼びよせて、小豆鼠には小さい鍋を、大豆鼠には底のぬけた大鍋を渡して、自分が歸るまでにめい〳〵の鍋に水をいっぱいにしておけといひつけました。

わざと卑しい名を選んで、子を呼ぶ習慣があるのです。昔の朝鮮の人には、幼兒にかういふいやな名をつけておくと、幼兒は成人の後に幸運にめぐりあひ、また長生きができると信じてゐたものが多かつたからでありました。この習慣はずいぶん高貴の人の間にも行はれてゐたものでした。ある極めて高い身分のお方で、幼いころに『馬の尻』といふ意味の別な名をつけて呼ばれた例すらあるのです。

道草も大へん長くなりました。さてこれからいよ〳〵話の本道に戻つて、どれ一つぽつりぽつりと、朝鮮流に歩いてまゐりませうか。

二

むかし〳〵あるところに農夫の夫婦がありましたが、夫婦の間には、たゞ一人の可愛い娘の子があつて、その名を大豆鼠と呼びました。大豆鼠は、まことに美しい素直な子でしたが、かわいそうなことには、まだ幼いころに可愛がつていたゞいたお母様に死に別れ、

ら、いよ〳〵へんになるぢやありませんか。ほんとうの話になるまでに少し横道へそれますがこゝで一つ、朝鮮の子供の名のことで説明をさせていたゞきます。

それにはまづ朝鮮の御飯の話から始めねばなりません。朝鮮では、普通の身分の者の常食には、お米の中へ小粒の黒豆をまぜて御飯に炊きます。それより下の身分の者は、黒豆よりも安いあの色の黄いろい大豆(こんぐ)をお米とまぜて御飯にします。それから上の身分の人は、黒豆よりも直段の高いあの赤い小豆(ぱつ)を入れて食べることがあります。してみると御飯の色の赤黒黄が、身分の上中下にほゞ當ることになりますね。

大豆鼠と小豆鼠もこの流儀でゆくと、小豆鼠の方が大豆鼠よりも一段上のものになつてくるでせう。

それはよいとしても、なぜまた娘の名にこんな奇妙な名をつけるのでせう。あまり美しい名でもなさそうです。いや全くその通りで、朝鮮だつてこれがよい名だからといふので、可愛い娘の子にこのような名をつけるのではありません。幼い間だけのことですが、實は

一、大豆鼠と小豆鼠

一

『大豆鼠と小豆鼠』とはいかにもへんな題でせう。でもためしに「こんぐち、ぱっち。こんぐぢぱっぢ」となんべんも繰り返して呼んでごらんなさい。妙に呼びよくなつてくるではありませんか。してみると、朝鮮人には、なほさら呼びよいことでせう。そのせゐか、「こんぐぢ、ぱっぢ」の話は、朝鮮の幼い子達が、一ばんよく祖父さんや祖母さんにおねだりして、聴かしていたゞく童話だそうです。だからこゝでも、まづこの話から始めませう。

ところで、こんぐぢ、ぱっぢに漢字をあてはめると、大豆鼠、小豆鼠なんてをかしな字があてられますが、これは決して、大豆でも、小豆でも、鼠でもなく、娘の名なのですか

朝鮮篇

田中梅吉

日本昔話集 下

臺灣篇　佐山融吉

琉球篇　伊波普猷

目次

アイヌ篇　金田一京助

朝鮮篇　田中梅吉

臺灣篇について

佐山融吉

猪や鹿をとつては、その生血を吸ひ、人を殺しては、その首をとつて、屋前の棚に列べて喜び、その數の多いのを誇る生蕃には、かちかち山や、桃太郎のような面白い昔話は、ないものと、皆さんは、思つてゐられるでせう。ところが、なか〳〵、彼等にも面白い昔話があるのです。私の集めたものでも、千ちかくあります。

夏の夕方、爐に、ほだを焚きながら、兩親が、彼等の子供等に、昔話を語り聽かすのはわれ等の家庭と、ちつとも變りません。天狗や酒顚童子が住むかと思はるゝ、五千尺も高い山奥で、私も、時々焚き火の光に照らされながら、炎熱やくがごとき臺灣の夏も忘れて、昔噺を聽いたものです。今その一つ二つを、皆さんに御紹介いたしませう。きつと、神武天皇や、日本武尊の御時代に、立ち歸つたような、氣持ちになれるだらうと思ひます。

琉球篇について

伊波普猷

皆さん、日本の地圖を擴げて下さい。九州と臺灣との間にちょうど、飛び石のように、たくさんな小さな島が、一列に並んでゐるでせう。この島々を昔は南島といひましたが、今では九州に近い方を奄美列島といひ、臺灣に近い方を沖繩列島というてゐます。

さてこの島々の住民は、日本民族の遠い別れであつて、日本の國といふものがまだ出來ない時分に、南島に移住して、國を立てたのでしたが、あんまり遠く離れてゐた爲、交通の不便といふことから、自然北方の同胞と疎遠になり、とう〳〵迷ひ子みたいなものになつてしまひました。そして沖繩は、南北朝の頃から支那の保護を受けるようになりましたが、慶長以後は支那と薩摩とに兩屬のすがたになりましたので、その中間に板挾みになつて、長い間苦勞しました。ところが御維新後間もなく、元の日本に歸り、沖繩縣といふ一縣になりました。私のお話はすべてこの沖繩に、昔から傳はつてゐるものであります。

そうに思つてあげて下さい。

朝鮮篇について

田中梅吉

朝鮮の童話には、インドやアラビヤの童話のように孔雀の華やかさもなく、ロシヤ童話のように、深く深く考へこんだ人の心の現れもなく、また、わが國在來の童話のように、咲きほこつた櫻に朝日の映るはれ〴〵しさも見えません。

それは、朝鮮の天地を住み家とするあの鶴のように寂しい、安らかな、そして靜かな姿です。しかし鶴といふものは時をり、忽然として悲しい聲をしぼつて九天の雲になきます。

朝鮮の童話からも、どことなく訴へるような嘆きのさゝやきが聽きとられます。

悠々たるがごとくして寂しく、安泰なるがごとくして悲しい姿は、外の國の童話に見られない朝鮮童話の特色であります。

序にかへて

アイヌ篇について

金田一京助

私のお話は、北海道日高の、コポアヌといふアイヌのおばあさんに聞いて、私がアイヌ語のまゝに書きためて置いたうちのもので、これまで、誰の話にも、どの本にも載つてゐないものばかりです。ずいぶん、へんな面白いお話ではありませんか。このようなお話を、アイヌのおばあさんは、まだいくらでもいくらでも知つてゐますので、寒い〳〵北海道の冬も、アイヌの子供たちは、爐ばたで、寒さも忘れて、聞きほれて暮すのでした。

コポアヌ婆さんは、九回も北海道から私のうちへ遊びに出て來て、こんなお話をたんと置いていつてくれましたが、今年は、七十歳になりますので、もう東京まで出て來る元氣がないそうです。正直な可愛いお婆さんですのに。皆さん、お話のおつりにたんとかわい

賜天覧 台覧
日本兒童文庫
日本昔話集
下
金田一京助
田中梅吉
伊波普猷
佐山融吉
合著
ARS

昭和四年二月十日印刷
昭和四年二月十五日發行

佛教童話全集第七卷
豫約非賣品

編者 佛教童話全集刊行會代表 萬里谷龍兒
發行者 東京市芝區露月町十八番地 今村延雄
印刷者 東京市牛込區市谷加賀町一ノ十二番地 瀧澤一郎

株式會社秀英舍印刷
青木製本所

發行所 東京市芝區露月町一八 鴻盟社
振替東京二九七九 電話芝二〇二七

× ×

それから後は、そのお池は、影池といはれるやうになりました。

釋迦塔もまた、このときから、無影塔ともいはれるやうになりました。

世はうつり、人はかはつても、深くたたへた水は、今もなほ靜かに昔ながらの色によどんでゐます。

けれど、彫刻師が、お池の畔にはせつけたときには、妹の姿が見えませんでした。

「阿斯女！阿斯女！」

さう呼びつづけながら、氣でもふれたかのやうに、お池の圍りを驅けめぐりました。けれど、妹の姿は、やはり見えません。

その翌る日、彫刻師は、はじめて妹の死んだことをきいて、心からふびんにおもひ、いつまでか、蒼い、呪はしい水を瞠めてをりました。

その一代の仕事として、力のかぎりをつくして釋迦塔を造つた彫刻師は、つづいて妹のために、妹の菩提をとぶらふために、一像をきざんで、お池の畔に建てておきました。

おもへば、仕事にねづしんな、心うるはしい彫刻師でありました。また、あはれにもいぢらしい、妹の阿斯女でありました。

嘆の果てに、かあいさうにもそのお池に身を沈めてしまつたのであります。

こちらは、兄の彫刻師です。

妹の阿斯女のことをも忘れて、ただ一心に仕事を励んでをりました。日がたつにつれて、だんだん美はしく、おごそかに、刻みあげられてゆく釋迦塔を見ては、心ひそかに躍るのでありました。

傍の人からみれば、まるで氣でも狂つてゐるやうに、ただ默りこんで、一鑿一鑿に心をこめて彫りあててゐるのです。しかし、さすがに、その塔を見た人々は、だれしも讃めたたへぬ者はありません。

やがて仕事はすすんで、彫刻師は最後の一彫を刻み終へました。それから塔をくだつて、しばらくのあひだ、蒼い中空に聳えた、りつぱな釋迦塔を見あげてゐました。

と、そのとき、急に思ひついたのは、妹のことです——

「おお、さうだ、今こそ妹にやさしく會つてあげよう……。」

けれど、いくら待つても、塔の影は泛かびでません。うつるのは、ただ雲や鳥の影ばかりです。そして、いつも、青い水が波も立てず、夢のやうに湛へてゐるばかりです。

ですから、もちろん、なつかしいお兄さんにお會ひすることはできません。

「まだ、塔は出來あがらないのかしら。お兄さんに、何か變つたことができたのではないかしら……。」

阿斯女は、いろいろと思ひめぐらしながら、いつまでも、いつまでも待ちあぐねました。

しかし、どんなに待つても、塔の影がお池に映らず、お兄さんに會ふことがゆるされませんので、たうとう待ちきれなくなつてしまひました。もうかうなつては、空しく故郷へかへるよりほかにはないと考へました。

しかし、阿斯女は、かへらうとしても、今はその氣力さへもありません。つひに悲

氣持をわかつてくれ。さうして、あの池の畔にいつて、素直に待つてゐてくれ‥‥。」と、それを他人に傳へてもらつて、すぐさま會ふことをゆるしませんでした。肉身のかあいい妹が、なんの用事でか、はるばる尋ねてきましたのに‥‥。

それほどまでに、彫刻師は、一心を罩めて釋迦塔を刻みました。――心のゆるみは怖ろしい、自分の總ては、命は、とうに釋迦塔にささげつくしたのだ‥‥さうして、自分の尊い一生の技を、ながく此の世に刻み殘したいといふのでした。

× ×

阿斯女は、兄さんの心持がわかり、かへつて感動して、いまは素直に夜の明けるのを待ちました。そして、言はれたとほり、佛國寺の西のお池の畔にまゐりました。

それからは、毎日毎日、靑く淀んだお池の水を瞠めては、塔の影の映りだすのを、今か今かと待ちつくしました。

佛國寺にたどりつきました。

もはやお兄さんに、うれしくもお會ひできると、阿斯女はよろこんでゐました。

しかし、それより早く妹が尋ねてきたことを聞きつたへた兄の彫刻師は、はじめは愕きましたが、やがて、われとわが心を勵まし、

「わたしの一代の仕事として、總てをささげてゐる此の仕事が、まだ工も終つてゐないのに、よくも妹の身をもつて會ひにきた。わたしには、とても今すぐ會ふことはゆるされない。今この尊い仕事に心をみだし、心にゆるみができてはすまないことだ。だから、佛國寺の西にある天然の池に行つて、その池に映る塔の影を見てゐるがいい。もしその池に塔の影がうつれば、その時は、わたしの仕事の終りをつげた時だから、その時こそ會つてあげよう‥‥。しかし、塔の影が泛かびでないときは、まだ仕事が出來あがらないしるしだ。したがつて、お前にも會つてあげることができない。わたしの心には、それまでは何うしたつてゆるされない。どうか、このわたしの

鑑でなければなりません。自分にゆるされた彫刻の道を、この地上にはつきりと示したい、殘したい――ただそればかりが、一生の願ひだつたのであります。それで、いま佛國寺の釋迦塔を刻むにあたつても、日夜心を罩め、どうかして自分の力をだしきりたい、この朝鮮半島に命をつないだ記念としても、どうか力に滿ちたものを造りたいと、ただそればかりを虔みぶかく願つてゐました。

彫刻師には、一人の妹がありました。阿斯女といつて、遠く、ふるさとの唐の國へ殘してきたのであります。

そのころ、阿斯女は、何ごとか心にあまる悶えがありましたが、うちあけてそれを語ることのできる人がありません。そこで、遠い國にゐる、一人の兄さんに打ちあけ、生きる道をひらきたいとねがつて、はるばると唐の國から尋ねてまゐりました。

唐から新羅までは、ずゐぶん遠い旅であります。もとより汽車も車もありません。ことに女の身ですから、らくな旅ではありません。やつと、幾月かの月日ののちに、

影池と無影塔

新羅のむかし――

金大城が、壞れかかつた佛國寺を繕つたときのことです。

いろいろな工匠がはいつて、だんだんと工事がすすんでゐました。

それらの工匠の中に、ことに心をこめて、立ち働いた、一人の彫刻師がありました。その彫刻師は、そのころ、ひろい唐の國に、その名を知られた人で、はるばる新羅の國に迎へられたのです。そして、自分の一代の仕事として、佛國寺のために釋迦塔を刻むことになつたのです。

その技がすぐれてゐるばかりでなく、その美しい、けだかい心は、まことに萬人の

そして、どこからともなく、鈴を振るやうな、すずしい聲で、

「大城よ、けつして心配しないがいい。天は、お前の信心ぶかい心に感じて、使をつかはし、ねんごろに天蓋を覆つたから……。」

といふのでした。

やがて、假寝から醒めた大城は、すぐさま南嶺にのぼつて、燒香をしたり、神さまにお供へなぞをしました。

それからのち、南嶺を香嶺といふやうになりました。

天蓋は、今でも、ちやんと三つに割れたままになつてゐます。

それからまた、幾年か經つて――

深い因緣をもつて此の世に生れたお父さんや、お母さんのために、壞れかかつた佛國寺をつくろひ、多寶塔や無影塔をはじめ、多くの石造物をつくりました。

それがすむと、こんどは、牟梁里の、前世の父母の菩提をとぶらふために、石佛寺を建て、あの有名な石窟庵をつくりました。

石窟庵をつくつたとき、またも不思議なことがありました。

それは、石窟庵の上に置いた天蓋が、いつのまにか、三つに割れてゐました。それをみた大城は、おどろき怪しみ、さすがに落膽したため、そのまま、そこに假寢してしまひました。

すると、そのとき、大空に尊いみ光があふれて、輝かしい裝ひをした天の使があらはれてきましたが、その天蓋の石を覆ふと、いそいでまた天へのぼつてしまひました。

それをきいて、鬼は、

「では、そのかはりに、どうか私のために、お寺を造つてくれ。」

と、こんどは、どうしてか大へんいぢらしさうに大城に頼むのでした。

「よし、その頼みは私がはたさう……。」

何かこれには、深いわけがあることと思つた大城は、鬼の願ひを聞きいれました。

そのとき、はつと睡りからさめると、それは、みんな夢だつたのであります。全身すつかり汗みどろになつた大城は、夢の恐ろしさに、たうとう、それから寝つかれませんでした。

そのうち、大城は、その夢のために、熊をころしたあたりに、お寺を建てて、熊壽寺と名づけました。

× ×

た心なき自分が悲しまれてきたのです。

いつまでか、さうして思ひ惱んでゐるうちに、やがて、うとうとと睡氣をもよほしてきました。

すると、そのとき、ひるま射とめた熊が、にはかに怖ろしい鬼の姿になつて現れ、

「お前は、どうしても、此の俺を殺すつもりか。もしも殺さうといふのなら、よし、俺の方からさきに嚙み殺してやるぞ！」

と、荒々しいけんまくで、牙を嚙み鳴らしながら、今にも摑みかからうとしてゐます。

びつくりした大城は、すつかり怖れおののいて、

「どうか、私の罪をゆるして下さい。ほんとに淺ましい私でありました。これからは今までとうつて變つて、心をあらため、今までの罪の償ひをしようと思ひます……。」

さういつて、深く鬼にお詫びをして、心から懺悔をしました。

第二世金大城は、大きくなつて王さまにつかへ、りつぱな役につきました。

×　×

それは、大城が四十九歳のときのこと。

ある日、いつも獵のすきな大城は、佛國寺の裏の、吐含山といふ山の頂にのぼつて、熊狩をしてゐました。その日にかぎつて、どうしたことか、一匹の獲物もありません。そこで、力なく家路につかうとしたときです。さらさらと笹の葉を鳴らして現れたのは、大きな熊！すぐさま大城はそれを射とめました。

もはや日も落ちましたので、今は欣びにあふれた大城は、麓の村まで下つて、とある家に泊てもらひました。

その夜、寝床についた大城は、いつになく氣が鬱いで、睡ることができません。今まで射ころした多くの獸たちが、なんだか可哀さうにおもはれ、いたづらに罪を犯し

あまりにも不思議に思はれましたので、よく時間を繰つてみますと、大城の死んだのと、天の使のあらはれたのと、まつたく同じ時刻であつたことがわかりました。

それから、第三十二代、孝昭王の御代のこと、重ねて不思議なことがありました。

その日、金文亮の奥さんが、急にお産氣をもよほして、玉のやうな男の子が生まれました。みると、その嬰子は、左の手を確つかりと握りしめてゐて、どうしても掌を開けません。幾日も幾日も握りつづけてゐましたが、それも七日目といふに、やつと開けてみることができました。みると、不思議にも、その掌には、はつきりと「大城」の二字が書きつけてあります。

それを見た總ての人は、誰しも駭かぬものはありません。文亮は、これはてつきり、牟梁里の金大城の生れ代りであらうと思つて、その兒に、大城といふ名をつけることにしました。それから、牟梁里に住んでゐる、前の大城のお母さんまでも、自分の家にむかへて、ともに養ひそだてることにしました。

そんなことがあつてから、間もなく、金大城は此の世を去りました。そのとき、わづかに十八歳であります。

×　ヽ

金大城がなくなつた、ちやうどその夜のこと——

不思議にも、金文亮といふ人の家に、とつぜん天の使があらはれて、

「牟梁里の大城を、今お前の家にあづける。」

と、ただ厳かにそれだけ言つて、すぐさま、その眩ゆいお姿を消してしまひました。

文亮は、ひどく愕きあやしんで、さつそく使者をだして、牟梁里をくまなく捜しまはりますと、はたして金大城の家を捜しあてることができました。しかし、そのときは、もはや大城は此の世の人でなかつたのです。

た。私たちは、今まで施しなんかしませんでした。これからは出來るだけのことはしたいと思ひます。今はちやうど和尚さんが、あの六輪廻の塔をつくらうとして、ああしてお布施を集めてゐらつしやるのだから、今のうちに何かさしあげたいと思ひます。きつと、こんないい時はないのだから、ああ、さうだ、私達が戴いてゐるあの田を、あれをそつくり和尚さんに差しあげてしまつたらいいと思ふんですが……。」

と、お母さんに勸めました。まるで、子供とは思はれないやうなことを申しましたので、はじめは、お母さんも吃驚しましたが、やがて信心ぶかいお母さんでしたから、

「ああ、ほんとにお前の言ふとほりだ。よくもまあ氣がついた。」

さう仰しやつて、たうとう、その僅かばかりの田を、漸海にささげてしまひました。

その近くに、漸海といふ坊さんがゐました。漸海は、興輪寺といふお寺に、六輪廻の塔をつくらうとして、いたるところ托鉢して廻つてゐました。

ある日、福安の家にも廻つてきて、布五十疋をもらひました。すると漸海は大へんよろこび、静かに掌をあはせて、

「ありがたうございます。………どうぞ、佛さま、かうして喜んでお施しになる人人を、いつまでもお護り下さい。そして、ながくながく安樂に、幸ひがありますやうに………。」

と、涙ぐましいほど虔しやかに禱りました。そして、とぼとぼと立ち去つてゆきました。

そのとき、傍に默つて聞いてゐた金大城は、こども心にも何か深く感じたのでせう、いきなり家の中へ驅けこみ、お母さまにむかつて、

「お母さん、私は今、和尚さんのいふことを聞きましたが、ほんとうだと思ひまし

二度生れた金大城

新羅の國のお話です――

三十一代、神文王の卽位の年に、大へん孝行な金大城といふ人が生まれました。牟梁里といふところの、とある家にそだつた金大城は、頭が非常に大きくて、頂きが平で、だれが見てもその頭は、まるでお城のやうなので、大城と名づけられました。

家が大へん貧しかつたので、お金持の福安といふ人の家に、お母さんといつしよに、厄介になつてゐました。そこで田を僅かばかり貰つて、それによつて暮しを立ててゐました。

ゐました。

森の中に、ひとり殘された金現は、ぼんやりと街に歸つてゆきました。そして、怪我をした人達に、娘の言ひのこしたことを傳へてやりました。

それから幾年かのち、金現は、西川のほとりに寺を建てて、虎願寺と名づけました。そして、永くそこに住まつて、佛さまのお話をしたり、お經を唱へたりして、ねんごろに娘の冥福をいのりました。

た。

そこには、だれ一人をりません。それをみた虎は、昨夜のままの美しい娘に變つて、にこにこと微笑みながら、

「どうも有りがたうございました。私には、もう何の心殘りもありません。ただ、今日私のために、もし怪我をした人がございましたら、興輪寺に行きまして、醤を塗つたり、それから、あの螺鈸の音をおききになれば、たちどころにお治りになりますから……。」

と、言ひをはらないうちに、金現の佩刀をするすると引きぬき、胸ふかく刺しとほしました。

「あつ!」

金現の叫びはおそく、そこに倒れた娘の顔いろは、みるみる蒼褪めてきました。やがて全つかり息が切れたとおもふと、不思議にもその死骸は、いつか虎の姿に變つて

ません。

群集は、ただ泣き喚くばかり。そのとき、一人の勇敢な若者があらはれました。それは言ふまでもなく、金現でありました。

「ああ、やむを得ない……。」

さう呟いた彼は、街の中央に立ちはだかり、大手をひろげて虎にむかひました。

すると、どうしたことでせう。今まで荒れに荒れてゐた虎は、すこしも金現に逆らはうとせず、尾を捲いて悄々と逃げようとしてゐます。

それを見た多くの群集は、あまりの不思議さに、金現と虎とを眤つと瞻つてゐました。

金現は、やさしく諭すやうに、何ごとか口籠りながら、だんだんと虎を追ひのけてゆきました。

やがて、お城の外へ、北の方の森の中へ、言はれたとほり追ひこんでしまひまし

×

やがて、その夜は明けました。

街の屋並に、朝のお日さまが、きらきらと輝きそめたころ、俄に街の一角がどよめき立ちました。それは、街で一番人だかりのする市場のあたりでありました。瞳を瞋らした、一匹の大虎が、ところかまはず荒れ狂つてゐました。人々は只逃げまはるばかりで何うすることもできません。

やがて、お城の王さまの耳へ入りました。王さまは、いつものやうに落ちつきはらつて、お布令をお出しになりました——

虎を捕りおさへた者には、重い褒美をとらさう。

そこで、強い人達は、どうかして虎を捕へようとしました。しかし、いよいよ烈しく荒れ廻つてゐる虎にむかつては命しらずの者でなれけば、たうてい手むかいはでき

「私に、どうしてそんな慘酷なことができませう。それに、あなた樣のやうな優しいお方を犠牲にして、それによつて出世しようなどと、私には思ひもよりません。」

むきになつて、金現が言ひますと、

「いえ、いえ、どうぞさうおさせ下さい。私の壽命の短いのは、これは天命で、むしろ私の望んでゐるところでございます。私の望みは、ほかにはございません。さうして私が死にますと、私のお兄さん達の命も助かり、たれもかれも、幸福になるのですから……。併し私は、死んだあとで、ほかに希みはありませんが、ただ一つ、私のために、どんな小さなお寺でもお建て下さつて、せめて冥福を禱つて下されましたなら、私は、どのくらゐ嬉しいかわかりません。できますことなら、ただそれだけがお願ひでございます……。」

さう言ひつづけて、また悲しげに泣いてゐました。

の亂暴さは、ほんとに申しわけありません。みんな此の私が、それらの罪を負はなければなりません。」

さう言つて、今までの、一家の深い罪を懺悔しながら、潸々と泣きました。

「もうかうなつたからには、私の命は、いづれ神樣にさしあげなければなりません。せめては、お近づきになつた、尊いあなた樣のお手に掛けられたいとおもひます。……それには、私は、明日の朝早く起きて、人群れの多い、街の市場の邊を狂ひ廻ります。さうしたら、どんな强い人でも、私に手出しをすることはできません。すると、王さまからお布令がでて、

あの虎を捕りおさへた者には、重い褒美をつかはさう。

といふことになるに決つてゐます。そのとき、あなた樣は、あのお城の北の方にある森の中へ私を追ひこんで下さい……。」

ただ默りこんで、先刻から聞いてゐた金現は、もう耐へられなくなりました。

さうしたら幾らか懲りるだらう……。」

と、厳かに叫んで、また雲にのつて還られました。

怖ろしさに首を縮めて、ぶるぶると顫へてゐた三人の虎は、みれば顔いろも全つかり蒼白めてゐました。

そのとき、娘は兄弟たちが、あんまり可哀さうに思はれたので、

「早くお逃げなさい。早く早く、遠くへ逃げてさへしまへば、あとは私がそつと代つて、みんなの罪を受けますから……。」

と、せきたてて逃がしてやりました。そこで、三人の虎は、恐る恐る首を垂れて、尾を曳きながら、いづこともなく遁れ去りました。

娘は、それから奥の部屋にいつて、金現にむかひ、

「私のやうな者が、りつぱなあなたさまのやうな方と、どうしてお知合ひになつたのでせう、これも深い因縁からに異ひありません。今も今とて、あの三人のお兄さん達

ろの鬣を光らしながら、ぬつと三人の虎が現れてきました。そして、忽ち猛りだした虎たちはもう、鼻をぴくぴくさせながら、

「なんだ？ ひどく生ぐさいが、何かおいしいものがありさうだぞ！ すばらしい御馳走が匿してあるんだらう。ああ、こんな空きつ腹のときぢやありがたい……。」

と、血眼になつて、虎たちは爭ひながら邊を嗅ぎまわりました。それを見てお婆さんは、三人を叱りつけ、

「お前たちの心は、なんといふ荒々しいのだ！」

と窘めました。

そのとき、俄に天の一方が暗くなつて、その黒雲のあひだから天の神さまがあらはれ、

「どうしてもお前たちは私の言ふことを聞き入れない。いつも人間の命を害はうとしてゐる。もう、よんどころないから、お前たちの中一人だけは、命を貰つてやらう、

した。

娘が家の中へ這入らうとすると、一人の顔の青いお婆さんが入口からそつと覗いて、いつたい何ういふ若者であるのかと、娘に訊ねてゐました。娘は、それをいい機にして、ありのままお婆さんに告げました。聞きとつたお婆さんは、

「そりやいいが、まあ、あの狂暴な、怖ろしい兄弟たちをどうしたらいいだらうか？」

と、束のまにも、それを心配しだしました。しかし、今さら入口でそんな心配をしてゐられませんので、

「ぢや、早く早く、あの奥の部屋へ……。」

仔細ありげに、ただ早く促して、金現を奥の部屋に匿してやりました。

美しい娘だつたのは、じつは虎でありました。そして、なほ三人の虎の兄弟をもつてゐたのでした。

お婆さんが、慌てて金現を匿してしまふが早いか、そこへ、低い唸りをたて、銀い

娘のやうに、夜おそくまで佛さまを念じながらお堂をめぐつてゐました。

總ての人は、日暮とともに、ちりぢりに家路に歸つてゆくのに、こんな遲くまで禱りまわつてゐるのは、たつた此の二人ばかりです。そこで、その娘と、金現とは、いつか相知るやうになつて、言葉をかはすやうになりました。しかし金現にとつては、その娘が、なんだか訝しくおもはれてなりません。

「こんな夜ふけまで、しかも女の身で、いつたい何處の人かしら?」

そこで、ある夜。その娘が家に戻りかけたのを見た金現は、なにげなく娘のあとに蹤いてゆきました。すると、その娘は、

「どうぞ、私の家へは行かないでください。」

と、いかにも佗びしさうに拒みました。けれども金現は、そんなことをかまはず、とことこと娘の家まで行つてみました。

たどりついてみると、そこは西山の麓で、まるで見る影もない、あばら屋でありま

春の興輪寺

新羅の都に、興輪寺といふお寺がありました。
春もさかりのころ、都の人も田舍の人も、男も女も、老人も若い人も、みんな興輪寺にあつまつて、その燦びやかな堂塔をめぐりながら、佛さまのお冥福を禱ることになつてゐました。

ある年の春のこと——

やはり興輪寺の行事が幾日かつづきました。そのあひだ、毎夜毎夜、夜ふけまでも獨りで廻りながら、いつしんに禱つてゐる娘がありました。

ここに又おなじく、金現といつて、これも信心ぶかい若者でありましたが、やはり

て……。

それをみると、少年は、磁石にでも吸ひつけられたかのやうに、凝つと瞶めてゐました。昨日、すくつてあげた鵲たち……今さらのやうに、そのいぢらしい心根に思ひ入るのでありました。

二つの屍、鵲たちの哀れな最後のまへに、少年は、ひれ伏すやうな、涙ぐましい氣持になつて、自分の行くての、遠い明るい旅をも忘れ、しばらく茫然と立ちつくしました。

つづいて、ゴーン、ゴーン！

あはせて三たび……腹の底までも、えんえんと滲みわたるやうな、その鐘の響き！

どうしたことかと、少年は、ただうれしさに躍り立ちました。

威猛く振るまつてゐた蛇も、その響を聞くと何處へ影をひそめたのか、それつきり姿を見せませんでした。

やがて、われにかへつた少年は、鐘つきの主を、不思議におもひました。

「……どうしたんだらう？　だれが私にかはつて鐘を撞いて呉れたんだらう？」

×

ある朝、お日さまの出るまへ——

どうも不思議でたまらないので、少年が高い鐘楼に上つてみたとき、そこには、二羽の鵲が死んでゐました。一羽は嘴をしたたか打つて、一羽は頭を酷く打ち砕い

風前の燈火のやうな自分の命を、今さらのやうに果敢なく見つめました。

3

いつたい、どんな塔があるのか？ どんな鐘があるのか？ さつそく、恐る恐る庭に下りて、暗い星空を透かして見まはしました。

高く、高く、なによりも高く、くつきりと夜空に突きたつてゐる塔！

その、もの凄さといつたらありません。

どうして鳴らしたらいいのか？ たつた三度なのだけれど……。

少年は途方にくれて、ただ呆然と暗闇に立ちつくしました。

と、そのとき、風もなく、深沈と靜まりかへつた天地を搖がして、

ゴーン！

と、厳かに鳴りわたりました。この世の救ひの鐘の音とは、こんな時のことでせう。

少年は、じつに素直にたのみました。すると蛇も、さすがに聞きわけなければならなかつたのか、するすると解いて、

「なるほど、それはもつともだ。しかし、お前にもさうした考へがあるやうに、私にもたまらない氣持がある。もし此の夜更けまでに、この寺の内にある鐘樓の鐘を三たび鳴らすことができたら、お前を赦してやることにしよう。この寺の信心のおきてとして、三たび鐘が鳴りだしたら、もう總てはゆるされることになつてゐる。そして、それがかなはなかつたら、それはそれは、どんなお怒りに會ふかわからない。いいかい？　それまで待つてやる。もしお前の力で、お前の信仰で、あの鐘を鳴らすことができたら、私もお前の命をもらふことのできぬ運命とあきらめよう……。」

さう言ひ終つたかと思ふと、するすると音を立てて、いづくともなく姿をかくしてしまひました。

少年の胸は、早鐘のやうに鳴りました。そして、もう疲れなんか忘れてしまつて、

てやつと苦心してお前を導き入れた。かうなつてはもう私のものだ。どんなに藻がいたつて仕様がない。おとなしく私に命を差しだすがいい……。」

そこで、少年は息づまるやうな呻きの中から、しかし諦めてか落ついて、

「あなたの恨むのも、仇を取らうとするのも尤もですが、まあ少し私の氣持も考へて下さい。あの可愛さうな鵲の啼くのを聞いて、通り過ぎるわけにはゆかなかつたんだ。私は何もあなたの夫を憎いと思つたことなど更々ありはしない。そこは、よくわかつて貰はなくてはならない。何も憎んで殺したわけではないのだから……。しかし私にしたところが、ああしてお前の夫を殺して、快く思つてはゐない。啻、よんどころなかつたのだ。そのわしの氣持をわかつて貰ひたい。それに私は、自分のことだが、一生にとつて大切な時です。今まで永いこと苦しんで勉强した力を試さうと、科擧の試驗に應ずるために、はるばる都をさして上るところなんだ。せめて私のこの氣持にめんじて、こんどだけは赦してもらひたい。」

背のあたりへ水でもあびせ掛けられるやうな薄氣味のわるさ！ しかし疲れてゐるのです。そんなことを思ひながら、すやすやと寢いつてしまひました。

旅の疲れに、ぐつすりと睡りこんだ少年は、今しがた睡りついたかとおもふ頃からなんだか胸のあたりに重苦しさを感じだしてきました。はじめは、それを夢現におぼえてゐましたが、やがて、だんだん苛くなつてくる胸苦しさに、たうとう、ぱつちりと眼をあけてしまひました。

すると、愕いたことには、いつのまにか大きな蛇が自分の體に巻きついて、幾巻も幾巻も巻きついて、今にも絞め殺さうとしてゐるのです。少年は、ありつたけの力をだして、跳ねのけようと藻がきました。しかし藻がけば藻がくほど、蛇は巻きついてきて何うすることもなりません。

そのとき、蛇は、呪はしいやうな瞳を輝かしながら、

「わたしは、さつきお前のために射殺された蛇の妻なのだ。夫の仇をとらうとおもつ

2

それは、古ぼけた、大きな山寺でありました。灯は、その壞れた窓から漏れてゐたのです。

「もしもし、私は旅の者ですが、知らぬ山路に行き昏れて困つてゐる者です。どうぞ今ばん、お泊ねがひたいのですが‥‥。」

少年は、石甃の軒に立つて、薄暗い庫裡の中を盗み見ながら言ひました。すると、中から出てきたのは、不思議にも、一人の美しい女だつたのです。

――どうして、こんな寂しい山寺に、しかも女ひとりで暮してゐるのかしら?

少年は怪しみました。しかし、何しろ疲れ切つてゐるので、みちびかれるままに、奥の一部屋に連れてゆかれました。

部屋にはいつたときから、なんとも言ひない、變な氣持にさせられました。まるで

「まあ、よかった。」

ひとり呟きながら、少年はまた坂をたどりました。

するうちに、日もやうやく沈んで、むらさきいろの暗が漂ひそめました。いまは、夜路に慣てゐるので、落ついてひたすら急ぎました。

けれど其の夜はどうしたてとでせう。いくら行つても、いくら行つても、泊るやうな家は見あたらず、だんだん山深くなるばかりです。あたりは眞つ暗く、ただ、たどつてゆく路ばかりが、仄白く見ゆるばかりです。

山の夜は、しんしんと更けてゆきました。あたりは、いよいよ淋しくなり、足の歩みも重くなりました。しかし、少年は元氣をふるひ立てて、また一しきり歩きつづけました。するとそのとき、遠くちらちらと灯がみえました。

てんな淋しい、ひとり旅の山路に、遠く灯を見いだしたときの喜びといつたらありません。少年は、吸ひよせられるやうに、その灯を眼あてに走りました。

それでも、少年の小さな胸は、紅い望みの火に燃えてゐました。山を越え、溪を越え、見しらぬ村々をぬけて、だんだんと旅をつづけてゆきました。

ある日のこと――それは、深い山路にさしかかつた時です。少年が獨り淋しく坂をのぼつてゆきますと、路傍の樹のうへで、いきなり鵲の啼き聲がしました。その悲しさうな、けたたましい啼き叫びの聲は、靜かな山の空氣を破つて、あたりに響きわたりました。

少年は、高い樹の空を見あげました。すると、大きな蛇が、樹の枝に鵲をぐるぐると卷きつけて、いまにも呑んでしまひさうです。

少年はびつくりして、すぐさま弓に矢をつがへて、ひゆうと射ました。蛇はうまく射ぬかれて、づるづると落てしまひました。今まで啼き悲しんでゐた鵲も、おもひがけなく命をすくはれ、お禮でもいふかのやうに、ギャッギャッと二聲三聲啼いたかとおもふと、いづこともなく飛び去つてゆきました。

鐘つき鵲

1

「……こんな山の中に住んでゐては、とても偉い人になれない。」

少年は、いつも其のやうなことを考へてゐました。はやく都にのぼつて、あの科擧の――お役人になるための――試驗をうけて、自分も、りつぱな人にならう……と或る日、ついに心を決してふるさとの村を遠く旅たちました。

×

都へ――。しかし、乗りものとてない昔のことゆゑ、まだ繊弱い少年の身にとつては、かうした長い旅路は容易なことではありません。

たうとう二人の兄さんは、一番末の弟のところに住むことになり、やうやく弟の美しい心に感じてか、すつかり生れかはるやうになつて、永く永く、仲よく樂しく暮しました。

二三日たつて――

兄さん二人は、弟の李春華さんのしたとほり、自分の財産をみんな人にわけてやりでたらめに振りまいて、山のお寺をたづねてゆきました。どんな、いい寶が貰へることかと、心を躍らしながらまゐりましたのに、あいにく和尚さんは留守で、いくら待つてゐても歸つてまゐりません。

あてがはづれた二人は、やむなくお寺から戻つてきましたが、そこには、たくさんの家族が待つてゐます。それだのに、もはや何一つありません。すぐその晩から寢るところなく、着るものなく、むろん喰べるものはありません。

いまは、たよるものは、ただ李春華さんばかり、そこで昔の元氣もなく、すつかり啞のやうに默りこんで、李春華さんのお家へまゐりました。

けれど、思ひやりの深い李春華さんは、その大人數の二家族を迎へ入れて、心から喜んでお世話をしてやりました。

いつもの調子で、

「うるさい奴、またきたか!!」

といふやうな顔をして、言葉ひとつかけてくれませんでした。それから第二の兄さんをたづねましたが、やはり、てんで相手にしてくれませんでした。

そこで李春華さんは、その村に流れてゐる河の砂原に行つて寝ようと思ひました。河原に近づいたとき、ふと三つの寶を取りだしたとき、ああ、そのときです、みるみる、そこに立派なお家が建てられ、たくさんの寶物と幾人かの召使とが現れたのです。さうして、一夜のうちに、御殿のやうなお家の主人になつたのです――

小さい村のことですから、あくる朝には、もう村中の噂になつてゐました。二人の兄さんも駭いてやつてきました。そして羨ましさうに、そのお家に見とれてゐました。

× × ×

だん村ちかくなつてきました。

そのとき、路傍で、わいわい騒ぎながら人だかりがしてゐます。何ごとかしらと思つて、そつと、お輿の幌をあげて、覗いてみると、群集のまんなかには二人の兄さんが立つてゐます。

李春華さんはそれをみるといきなりお輿から飛びおりて、群集を押しわけてゆきました。あんのごとく、兄さん達は喧嘩をしてゐたのです。二人とも、だんだんお金持になるに従つて、よそ國とあきなひを始めたのですが、運わるく大へん損をして、それがもとでこんな騒ぎを起したのでした。李春華さんは、いろいろと善し悪しを聞いたあとで、二人に大へんなお金を出してやりました。で、やうやく二人は滿足して仲直りをしました。

やがて、李春華さんは村につきました、村についてまもないこと、昔どほりの、見窄らしい姿にかはつて、まづ第一の兄さんのお家をたづねました。すると、兄さんは

思はれましたので、ちよつと箸で叩いてみると、これはまた不思議、中から、ひとりの美しい小人があらはれてきました。

「あはは……これはこれは……。」

いよいよよろこびながら、つづいて、どこでもよい音のしさうなところを打ち廻してみると、出る、出る……打つに従つて、七いろ麗しい舞衣をつけた小人が澤山出てきました。そして、にぎやかに御馳走を運びはじめました。

李春華さんは、もう何もかも——今は村へかへることも忘れて、

「こんなよい所は、またとはない。」

と、大よろこびで、つひに、そこに住むことになりました。

しかし、しばらくそこに住んでゐるうちに、またしても村がなつかしくなりました。

すると、もう向ふの方から、りつぱなお輿をかついで、迎ひの者が行列をつくつて、こちらにやつてきます、李春華さんはよろこんでそれに乗せてもらつて行くと、だん

夢のやうな美しいお部屋にかはつてゐました。

「おやおや、こりやどうしたんだらう……。」

李春華さんの愕きといつたらありません。

それから、あんまり不思議なので、今まで持つてきた瓢箪が氣になりだしました。みると、やつぱりそこにあるので、そつと持ちあげてみると、さつきまで輕かつたのが、大へん重くなつてゐました。變だな、とおもつて、ちよつとそこにおきますと、つひ倒れて横になりました。すると、中から出てくる、出てくる……それはそれはおいしい御馳走が、いくらでも、いくらでも出てきました。

「これはこれは……。」

李春華さんは、もううれしくて、うれしくて、こをどりして喜びました。

こんどは、どんな不思議があるかと思ひながら、瓢箪と箸とを取りあげて、おいしい御馳走をたべようとしますと、變に瓢箪が重くて、どうやら、よい音でもしさうに

ました。

「これはうまい。こんなときに使ふのだ。」

そのとき思ひだしたのは、和尚さんに貰つてきた莚でした。さつそく、するすると展げると、まあ、今が今まで確かに莚だつたものが、それはそれはやはらかい、綺麗な絹蒲團にかはつてゐました。

びつくりした李春華さんは、

「これは不思議だ、しかしほんたうの蒲團かしら……。」そんなことを呟きながら見かへしましたが、どう見ても立派な蒲團で、そのうへその暖かさといつたらありません。」

「これさへあれば、今夜はゆつくり寢まれる。」

と、よろこんでゐると、いつのまにか自分の周圍に、燦びやかな御殿のやうな、りつぱなお家ができてゐました。野原の草藪のかげに寢たつもりだつたのに、ちやんと

といつて、一枚の莚と一つの瓢簞と、それから一膳の箸とを下さいました。

―― 2 ――

ここは、ひろびろとした秋の夜の草原――

紺青のみ空には、まるい、銀いろのお月さまが輝いて、あたりの草草は薄らさむい夜風に囁いてゐます。

さきほど、お山の寺の和尚さんに別れてきた李春華さんは、ただひとり、このさみしい夜の草原をいそいでゐるのでした。ひさしぶりで、なつかしい村へかへり、お兄さん達に遇はうとおもつて出かけてきたのに、どう道をふみまよつたのでせう、いくら行つても、いくら行つても、その廣い草原の果てはなく、ただ氣があせるばかり、もうすつかり疲れてしまつて、たうとう、そこに腰をおろしてしまひました。いちど腰をおろしたら、もう立ちあがる力もありません。そのままそこに横になつてしまひ

たうとう二三日もその寺にとどまつて、和尚さんの介抱に手のかぎりをつくしました。

やがて和尚さんも元氣になり、今は何の心殘りもないので、李春華さんは、その寺を出て、あてもなくさまよひ歩きました。

廻り廻つて幾日かの後、またそのお山のお寺を訪ねてみました。

すると和尚さんは、待つてゐたといふやうな顔つきで、

「さきごろは大へんお世話になりました。心ばかりのお禮をしたいと思つて、あなたの居どころを探してゐたところです……ああ、これはよかつた。」

さう言つて和尚さんは喜びました。そして、いろいろと李春華さんをもてなしたあとで、

「お禮といつたつて何でもありませんよ。ただあなたの親切なお心にむくいるため、ほんの私の心もちに過ぎないんです。さういふわけで、つまらないものですが、どうぞこれをお納め下さい……。」

いままでその橋をわたる人もありましたが、だれ一人その和尚さんを呼びかけるものもなく、みんな知らぬふりをして行きすぎてしまつたのです。

思ひやりの深い李春華さんは見るにみかねて、

「和尚さん、どうなさつたの？」

さういつて抱きおこしてあげると、和尚さんは苦しさうな聲で、

「からだが疲れてしまつて歩けないのです。それにお腹もすいて……。」

やつとそれだけ言ひました。

それをきいて李春華さんが、どうしてそのまま行きすぎることができませう。和尚さんの手をひいたり、負つたりして、しんせつにお山のお寺まで連れていつてあげました。

やつとお寺へたどりつくと、和尚さんを爐邊に休ませておいて、自分は裏山へ行つて、薪をあつめてきたり、御飯を炊いたりして、いろいろお世話をしてあげました。

默つて働いてゐました。それに、困つた者さへみれば恵んでやつてしまふので、その暮し向きは日ましにわるくなつてゆくばかりです。

遊びなまけてゐる慾ふか者の兄さん達は、だんだんお金持になつて堂々と暮してゆくのに、一ばん働き者の情ぶかい李春華さんは、だんだん落ちぶれていつて、たうとう何にもなくなつてしまひました。さあさうなると、もう兄さん達も、弟からしぼりとるものもなくなつて張合ひぬけがしたとみへて、こんどはいろんなことをいつていぢめるやうになり、つひに村から追ひだしてしまひました。

なつかしい村を追ひだされた、かあいさうな李春華さん！

どこへゆく、といふあてもなく、さまよひ流れてゐるうちに、ある村はづれの橋にさしかかりました。そのとき、橋の上に倒れふしてゐるひとりのお爺さん、よくみればそれはぼろぼろの法衣をきてゐる和尚さんで、その體は見るかげもなく痩せおとろへてゐました。

ない。なんにもないと思つて、腕ひとつで働きだすつもりでやつてゆくがいい。そして三人で仲よく此の家の名を決してけがさないやうに心がけるがいい……。」

さういつて、三人の兄弟に家の財産を等分にわけてやりました。

はじめのうちは三人は仲よく暮してゐましたが、一月たち二月たち、だんだん日がたつにつれて、てんでに勝手なことをするやうになりました。

けれど、末の弟の李春華さんは大へんに真面目で、暗い夜明から、お星さまがでるころまで、セッセと働きました。それに、思ひやりが深くて、どんな人でも困つてゐるのをみると、なんでも持つていつて助けてやりました。それにくらべて、二人の兄さん達は、いつも遊ぶことばかり考へてゐました。おまけに慾深者で、他人の物とみると何でもほしくなり、だから、李春華さんの財産を半分以上も、なんとかかんとかいつて、ごまかしてしまひました。

そんなにされても、李春華さんは不平ひとつ言はずに、ちやんと承知してゐながら、

三つの寶

— 1 —

紅梅の花が咲きそめて、あたたかい春のお日さまが照るころになりました。

李春華さんのお父さんは、村いちばんのお金持でありましたが、ちやうどそのころ、ふとした病にかかつて死んでゆかれました。

死ぬすこしまへに、お父さんは、三人の男の子——李春華さんは第三番目——を枕もとに呼びよせて、

「お前たちに、うちの財産をわけてやるから、それをもとにしてこれから暮してゆくがいい。しかし、わしがわけてやる財産をあてにして遊んでゐるやうなことぢやいけ

三つの寶
鐘つき鵲
春の興輪寺
二度生れた金大城
影池と無影塔

萬里谷龍兒

附 朝鮮篇

萬里谷龍兒

目次

西遊記

澁川繁麿

口畫　澁川繁麿氏

插畫　藤井耕遂氏　澁川繁麿氏

支那篇 3

附 朝鮮篇

佛教童話全集

★

第七卷

大正十四年一月廿五日印刷
大正十四年一月三十日發行

【定價一圓八十錢】

版權所有

懸賞實演お話
第二輯

著作者　東京高等師範學校　大塚講話會

發行者　東京市京橋區南鍋町二丁目一番地
隆文館株式會社代表者　星島二郎

印刷者　東京市小石川區久堅町百八番地　上村新輔

發行所　東京市京橋區南鍋町二丁目一番地
隆文館株式會社
振替東京八五三　電話銀座三三四一

——博文館印刷所印行——

の家だらう、美しい家だと不思議がるばかりでした。

その中に兄さん達は、商賣ですつかり貧乏になつてしまひました。その時福童は初めて家から出て、お父さんを迎へました。そしてお父さんと安樂に暮しました。

福童は、

『僕はちつとも儲けない。そしてお父さんから貰つたお金もみんななくなつた』

すると大きい兄さんは、

『お前は笛ばかり吹いて居たらう。』

次の兄さんは、

『お菓子だつてやりやしないよ。』

三人は連れ立つてお父さんの家に歸りました。けれども福童だけはお金を儲けて來ないので、お父さんから大變しかられて、たうとう追ひ出されました。

福童はしかたがないので家の裏に行つて、小箱から大勢の小人を呼び出して家を作らせました。その家は龍宮の樣に美しい家でした。

福童はその家の中からちつとも外に出ませんでした。それで兄さん達は、誰

靴や帽子をもつて來て、福童に着せました。そして次には、綺麗な馬車を引いて來て福童を乘せました。

『僕は歩いて行くから、お前達は歸れ。』

と福童が申しますと、みんな馬車を引いて、もとの小箱の中にかくれてしまひました。

五

福童は珍らしい小箱を大切にかゝへて、（かゝへる樣）兄さん達に逢ふ約束をした三月三日のお節句がもう近づいて居ましたので、もと來た道を歸りました。兄さん達はもう來て待つて居ました。そして大きい兄さんが、

『福童、お前はいくら儲けたか。』

と尋ねました。次の兄さんは、

『僕達は百圓づつ儲けたよ。』（懐の財布を出して振つて見せる樣）

とこつそり（耳の所で私語く様な風に。）数へました、

福童はやがて龍宮王にお別れに行きました。王様は、

『そんなら何かお土産を上げませう。何でも欲しいものを申して下さい。』

福童は王子の言つた事を思ひ出して、

『私は何にも欲しくありません。でも下さるなら小さな箱を下さい。』

と申しました。そして小さな箱を貰ふと、（小さな箱をかゝへる様。）又昨日の白い魚と白い亀とに案内されて、もとの海邊に來ました。

松の根元に腰掛けて、（腰掛けに實際かける。）小さな箱を兩手にのせて、（兩掌を並べて前に出し。左顧右顧考へる様。）何だらうと考へてゐますと、強い風がピユーツと吹いて、その小箱を吹き飛ばしました。（吃驚して立上り、兩手を高く上げて小箱を追ふ様。）

『飛んぢやいけない。飛んぢやいけない。此處へ來い。此處へ來い。』

と叫びました。とその小箱の中から、大勢の小人達が、てんでに美しい着物や、

『波の中を行きますから、（兩手で波を分ける樣に。）目をつぶつて下さい。』

福童は眼をつぶりました。（演者も眼をつぶつて話す。）暫く行くと、

『もう着きました。さあ眼を開けて下さい。』（演者もこゝまで眼をあけないでこの時あける。）

福童が眼をあけると、どうでせう。（間。）立派な〳〵、眼の覺める樣な御殿でした。そして玄關の所には、先刻の五色の魚がまつてゐました。

その五色の魚に案内されて、奥の〳〵龍宮王のお部屋に行きました。龍宮王は大變喜んで、色々な御馳走をして、王子と共に福童を饗應しました。福童はその晩龍宮に泊りました。

四

翌る朝福童が眼をさますと、王子の五色の魚が來て、

『お父さんがお土産をやると言はれたなら、小さな箱を下さいと言ひなさい。』

龍宮に呼んで、御馳走したいとお願ひしました。龍宮王は早速白い魚と白い龜とに申付けて、福童を迎へにやりました。福童はまだ五色の魚の泳いで行つた方をぢつと見てゐました。その時急に波がザワ〳〵湧き立つ樣になりました。(吃驚した風に二足位後ろに下る。)すると波が二つに分れて、そこから白い魚と白い龜が出て來ました。白い魚は、

『福童さん、私は龍宮の王樣のお使です。あなたをお迎へに參りました。』

白い龜は、

『さあ、私の脊中に乘つて下さい。御案內いたしますから。』

二匹の使は丁寧に申しました。福童はまだ龍宮をちつとも知りません。それで是非見に行きたいと思つたのです。それで早速、

『さう。(嬉しさうに。)ぢや連れて行つてお呉れ。』

と言ひながら龜に乘りました。すると白い魚が、

『だつて僕（右斜上を見つゝ。）お金を澤山もつて居ないもの。』（この時少し俯へこむ風。）

『ちやあ、いくら持つて居る。』（のぞき込む樣に。）

『僕（懐に手を入れてもぢ／＼しながら。）たつた二十錢しかないもの。』

『さうか。（少し俯へて左下に子供を見る樣にしながら、强くうなづいて。）よし／＼、それぢや二十錢にまけてやる。』

『えつ？』（吃驚して眼を見張る。やがて狂喜の動作顔色。）

『さあ。』（魚を握つて渡す動作。嬉しさうに貰ふ動作。）

もう福童は躍り上る樣に喜んで。（兩手に魚をもつて少し飛び上る樣な動作をして。）海にはなしてやりました。（ぢつと魚の行衛を見つめる樣。）

三

龍宮の王子は危い所を助かつて、急いで龍宮に歸りました。そしてお父さんの龍宮王に、その事をすつかり話しました。是非あの情深い福童と云ふ子供を

する筈」それは〳〵美しい五色の魚でした。漁師達は大喜びに喜んで岸に上つて來ました。それまで笛を吹いて居た福童（こゝではつきり鮮童の名を呼ぶ。）は、美しい魚が漁師達の籠に入れられて行くのを見て、急に可哀さうになりました。

　あんな美しい魚を殺すだらうか。それよりも海に泳がせてやつた方が、魚だつてどれ位よいか知れない。

『小父さん、その魚どうするの？』（右上を見上げつゝ。）

『これかい、これは今夜村中の人とお祝ひして食べるのだ。』（左下を見下ろしながら。）

『さう。（急に無殘なと言ふ眼つきをしながら。）……ねえ小父さん、その魚僕に頂戴よ、可哀さうだから。』

『どうして〳〵。（仰山さうに右手を左右に振り否定の動作。）もし欲しいならお金を出せ、お金を。』

見て居る中に面白い程釣れます。又海の眺めもよくて心が飛び立つ様です。それで腰（右腰の方に右手をやりながら。）の笛をとつて、強く／＼勢一ぱい吹きました。
（横笛を吹く時の様な動作に指を動かす。）

ところが、その笛の美しい音が龍宮城　聞えました。そしてその音を龍宮城の王子が一番先に聞きつけました。（耳をすましてきく様に右の方に首をかたむけて。）

『何だらう。大變いゝ音がする。』

龍宮の王子はこつそり城から出ました。すると鼻先に大層美味相なものがぶら下つて居ます。（人さし指を曲げて演者の鼻先に下つた工合。）王子は笛の音の事は忘れて、ガブリと喰べました。（両掌をあはせて上下に開き、鯉が餌を食ふ時の様に少し音のする位に両掌を合せる。同時に演者の口も動作する。）

ところが大變です。（間。）それは漁師の釣針でしたから、龍宮の王子はすぐに釣り上げられました。漁師共はその魚を見て吃驚しました。（眼を大きく開いて注視

『僕はこつちに行く。』

そして三人はお約束しました。

『來年の三月三日のお節句（朝鮮の男の節句。）の日に、又こゝで逢はう。そしてお父さんの家に歸らう。』

三人は指切りをしました。（小指を曲げて左右の手にて指切りの眞似。）

一番弟は大變正直な子でした。そして憐み深いやさしい子でした。笛を吹く事が大變上手で、家を出る時も笛だけはしつかり（右拳を握りしめ。）握つて來ました。あつちへ行つては笛を吹き、こつちへ行つては笛を吹き、仕事の事は考へずにぶら／＼して歩く中に、お父さんから戴いたお金が、たつた二十錢になつてしまひました。

二

或る日海邊に出ました。そこには漁師達が船に乘つて魚を釣つて居ました。

う七十にもなつて、身體が大變弱くなつてゐました。それで或日のこと、三人の子供を集めて、

『お父さんは、もう身體が弱くなつて働くことが出來ない。それでお前達は、どこへでも行つてしつかり働いて來なさい。』

と言つて、三人にそれぐ\お金を三圓づつ（懐に手を入れ、財布を出す。財布から金を出す。その金を一人々々の掌にのせてやる動作をやりながら。）分けてやりました。

そこで三人の兄弟は、早速連れ立つて家を出掛けました。そして丁度道が三つに分れて居る村端れに來た時、一番兄さんは、（右方を指しながら。）

『僕はこつちへ行く。』

次の兄さんは、（眞正面を指しながら。）

『僕はこつちの方へ行く。』

と弟は、（左方を指しながら。）

朝鮮の浦島(一二年向)

狙ひ所　朝鮮の昔話を書きなほしたもので、成るべく五色の魚を買ひ取る時の心をよく味はしたいと思ふ。

時間　約二十分。

枕

皆さん。浦島太郎を知つて居ますか。(この時生徒は競つて手を擧げる)さうです。皆さんはよく知つて居ますね。私は今日は、皆さんの知らない浦島のお話をします。皆さんの知らない浦島――それは朝鮮の浦島です。朝鮮の浦島のお話です。

一

昔朝鮮の或る田舍に、三人の子供とお爺さんとがありました。お爺さんはも

懸賞實演お話 第二輯

目次

その研究の結果ともいふべき『實演お話集』も既刊五卷を數へるに至つた。

併し、話し方の研究、話す話の創作といふ問題は甚だ大きい、益ゝ廣い。我等は茲に此の研究を我等の間だけに局限せず、進んで廣く他の同志の工夫からも學びたいといふ趣意から、話す話を懸賞募集した。本書はその入選お話集である。

選の結果については跋に於て述べるが、一覽した所、尚幾多の缺點を認め、不滿を感ずる。併しその缺點不滿は、やがて現在の童話界の反映に外ならない。我等はその缺點不滿に鞭たれて、斯道に益ゝ精進するであらう。それと共に世の心ある人々が、話す話に對して尚一層の注意を向けられん事を切望するものである。

大正十三年十二月

東京高等師範學校　大塚講話會

序

お話は子供の天國である。讀む事によつて自らそこに遊び、聞く事によつてそこへ誘はれて行く。さうしてそこに樂しんでゐる間に、彼等の心は培はれてゆくのである。寺小屋主義を奉じてゐた時代は知らず、兒童の世紀といはれてゐる現代に、勃然としてお話の隆興を來したのは所以ありと言はねばならぬ。

然るに、その發達には幾分の偏頗があつた。即ち、お話は子供の目からのみ入り、讀む話のみが一般に廣く行はれて、子供の耳に訴へる事、話す話の方は稍々閑却せられてゐたかの感がある。

我々が、このあまり顧られなかつた一面、即ち聞かせる事の大切なのを痛感して大塚講話會を組織し、話す話の研究を始めてから既に十年に達した。

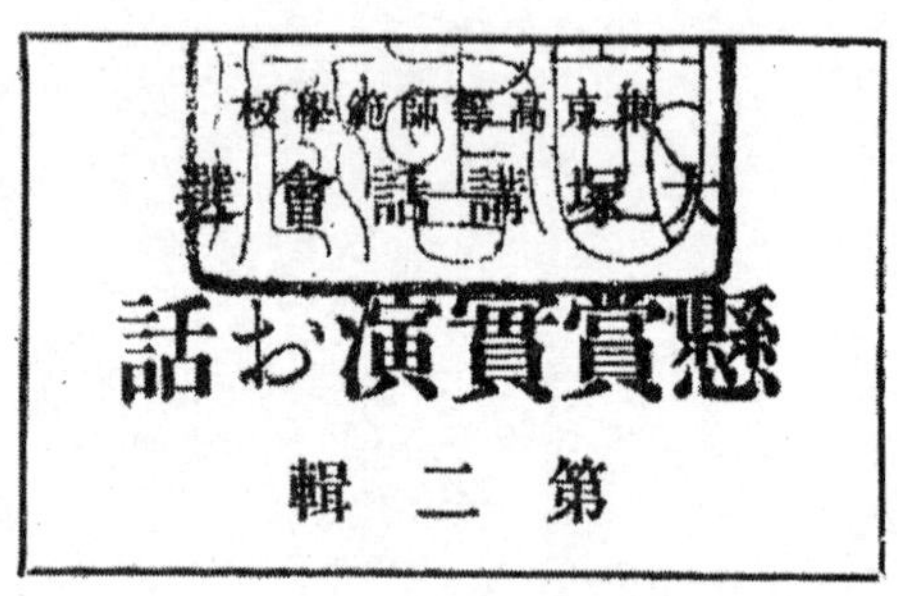

東京高等師範學校
大塚講話會編

懸賞實演お話

第二輯

東京

隆文館

世界童話集

大正十四年一月一日印刷
大正十四年一月五日發行

定價金八拾錢

著作者 畑耕一

發行者 大葉久吉
東京市日本橋區本銀町三ノ十四

印刷者 孝井芳藏
東京市神田區錦町一ノ十九

發行所
東京市日本橋區本銀町三丁目
大阪市西區阿波堀通四丁目
寶文館

ならない。わしは、人間のこしらへた美しいもの――家や道具やきものや――そんなものよりも神さまがつくつた美しいものが大切であることに氣がつかなかつたのだ。』

王樣は、さつそく、裏庭に部屋をつくることをおやめになりました。そして、毎日、そこにさいてゐる白い牡丹や赤いつばきの花を見て、たのしんでくらされました

『いや、ほんとうに美しいものだ。わしはこんな美しいものを神さまがつくつてくれたことに、いまゝでなぜ氣がつかなかつたのだらう。』

さういつて、王樣は感心されました。

王樣のおごりは、しだいにやみました。神さまがつくつてくださつたものが、なによへ美しくたつといもので、珊瑚の柱や、眞珠の壁や、錦の寢床は、ほんたうに無駄な美しいものであることに、かしこくも、お氣がつかれたからでのことでした。

りとられるのが悲くて、王樣に、きることをおやめくださるやうにと、おねがひにまゐつたのにちがひありませぬ。』

『しかし、この國のものは、すべてわしの自由になるべきものではないか、わしがあそこへ晝寢をする部屋をたてると考へたからは、牡丹もつばきも、わしにきりとられることをよろこばなくてはならない筈だ。』

『それは王樣、はなはだよくない考へです。牡丹もつばきも——この國のすべてのものは、あなたの御自由になるものにはちがひございません。しかし、ものゝ美しさはあなたのものではなくて、神さまのものです。あなたは牡丹やつばきをきりとることはできますが牡丹やつばきに、あの美しさを與へることはできますまい。あなたがいま牡丹やつばきをおきりになることは、つまり神さまが、人間にくださる美しいものを、こはすことになります。』

王樣は、この博士の言葉に、ハタとおひざをおうちになりました。

『いやわかつた。わしはこの國の王であるだけに、美しいものはできるだけ大切にしてやらねば

のきものをきて、ひとりはあかい絹のきものをきてゐました。

『この宮殿で、見たこともない乙女のやうぢやが。お前たちはどこから來たのぢや。そして、なにをないてゐるのぢや。』

王樣は、聲をかけられました。すると、ふたりの少女は、びつくりしたやうに顏をあげて、まどからのぞき出された王樣のお顏を見ると、地びたにひざまづき、ていねいにお辭儀をしたかと思ふと、いそいであちらへ走つてゆきました。――と思ふと、王樣はゆめからおさめなされました。

『妙なゆめぢや。』

と、王樣は、お考へなされました。て、すぐ、宮殿につめゐる、博士をおよびなされました。この博士は、二百年もいきてゐるといふ老人で、どんなことでも、およそこの世の中で起こつたことで、わからないものはないといふ、えらい物知りでした。

『王樣、それはきつと、裏庭の牡丹とつばきの精に、ちがひありませぬ。』と、王樣のおゆめの話しをきくと、博士はうやうやしくおこたへしました。『せつかく美しく咲いたかと思ふと、すぐき

家來をおよびになつて、世にもめづらしい美しい寢間をつくることを命ぜられました。

『王樣、ごらんのとほりこゝには牡丹とつばきとが、いつぱいにさいてゐます。もしこゝへお寢間をおつくりになるなら、せつかくさいた牡丹とつばきをきりとらねばなりませぬが……。』

と、家來は申しあげました。

『もちろんぢや、牡丹やつばきは寢間をつくるに邪魔になるなら、きつてすてゝさしつかへはない。』

王樣は、かういつて、宮殿のはうへおかへりになりました。

——その夜のことです。王樣はふしぎなゆめをごらんになりました。それは、王樣が寢てゐられる部屋のまどのそとで、たれかしきりにシク／＼ないてゐるらしい聲がきこえたのです。

王樣は、こんな夜なかに、たれがないてゐるのだらうと、ソッと窓のとばりの端をあげて、ごらんなさると、そこにふたりの美しい少女が、ながいそでを顔にあてゝ、いかにも悲さうにないてゐるのでした。あかるい月がさしてゐるので、その姿ははつきり見えました。ひとりは白い絹

紅白の夢

むかし朝鮮のみやこに、いかにもおごりずきな王樣がありました。ことにこの王樣は家をたてることがおすきで、御殿の屋根を金でふいたり、柱をあたひの知れぬほどの珊瑚や瑪瑙でつくつたりして、人の目をおどろかすやうなことをして、よろこんでゐられました。

ある日、王樣は宮殿の裏庭を散歩してゐられました。そこには白い牡丹と、赤いつばきの花がいつぱいにさいてゐました。

『うむ。この庭は、かなりにひろい地面だな。こゝへなにか、わしの晝寢をするための部屋を、つくつて見たいな。四方の壁に眞珠をいつぱいにはめこんで、寢どこは支那でもめつたに手にいらぬといふ蜀紅の錦にしたら、たれでも一目見てびつくりするにちがひない。』

家をたてることのおすきな王樣は、ふと、こんなことをお考へになりました。そしてすぐさま

火の魔は、山の上から、以前よりも、また一層大きくうつくしい宮殿がたてられたのを見て、

『よし、こんどは、うまく池に落ちないやうにして、あの宮殿を食つてやらう。』

と、つぶやきましたが、ふと見ると、宮殿の門の前に、なかい髭を胸までたれて、するどいきばをむき出し、おまけに恐ろしい目をクワッとあけて、こちらをにらみつけてゐる、すばらしく大きな男があります。

『おや？こんどは、大變なやつがゐるぞ。この間は池でひどい目にあつたが、今度は、あの男が、どんなにえらい力で、おれをひどい目にあはすかも知れない。こいつはあぶないぞ。』

と、火の魔は、首をちゞめて、山の底へ、逃げこみました。

それきり、火の魔はもう山から出て來ようともしませんでした。

大きな石の像は、いつまでも宮殿の護守神となつて、王樣はじめ國の人々の尊敬をうけながら立てゐるのでありました。

彼れは、生命からがら、やつと池からはひだして、山へ逃げ込みましたが、いかにもくやしいので、こんどは、山の底へ歸つて、そこから、すさまじい勢ひで、フーツ、フーツーと、力をこめて火をふきだしました。

たちまち、その火は四方八方へ飛び散つて、あたりの草も木も家も燒き、たうとう、たつたばかりの王さまの宮殿も、燒きつくしてしまひました。

『あゝ、やつとこれで。かたきうちをしてやつた。』

と、火の魔は、こゝ地よげにわらひました。

王さまは、二度も宮殿を燒かれて、大そうお怒りでしたが、なにしろ相手が恐ろしい火の魔だからどうすることもできません。それで、こんどは、以前よりもまた一層大きくうつくしい宮殿をたてると共に、なんとかして火の魔を、ふせがなければならぬと、また學者や占師や祈禱師をよんで、いろいろ御相談になりましたあげく、こんどは、國ぢうの、石工をあつめて、宮殿の塔よりも高く大きな恐ろしい顔をした石の像を、門の前に立てられました。

い學者や、占師や、祈禱師を呼びあつめて、いろ〱御相談になりましたが、とにかく、あの、西南の火の魔のすんでゐる山の方角に、なにか火の魔のくる道を、ふさぐものをつくらねばならないと、そこに、大きな深い池をほることになりました。そして支那へ使者をやつて、水をふく龍を、二ひき買つて來て、これを池のなかに、入れて置きました。さうとは知らない火の魔は、こんどたてられた宮殿が、以前にもまして大きくうつくしいのを、山の上からはるかに見て、

『しめたぞ、また、一層うまさうな食ひ物を、つくつてくれたな。ちやうど腹がへつてこまつてゐるところだ。さつそく、今夜あたり、御馳走にありつかうかな。』

とよろこびました。

彼れは、風の魔の力もからず、その夜ひとりで宮殿をおそはうとしました。ところが、思ひがけなく、大きな池があつたので、彼れは、ドブンと池に落ちこみました。火の魔は水にあつてはたまりません。

『あつ、大變だ。く、く、苦るしい、苦るしい！』

『おれは、あの宮殿が、いかにもうまさうだから、食つてみたくてしかたがないのだ。お前ひとつ、おれに加勢してくれないか。』

『よからう。お前のたのみなら、いくらでも力はかすよ。』と、風の魔は、こたへました。

そこで、ある晩、ふたりは、だしぬけに、みやこをおそひました。火の魔は、風の魔の力を得て、思ふぞんぶんに、あれくるひ、うつくしい王さまの宮殿を、すつかりはひになるまでなめつくしてしまひました。

『あゝ、ひさしぶりに、腹いつぱい食つたよ。山の草や木や、ろくでもない石や金を食ふのとちがつて、こんなうつくしい宮殿を食ふのは、じつにうまいものだね。』と火の魔は、したなめづりしながらいひました。『これからは、この宮殿が、たちなほるたびに、食ひに來てやらう。』

火の魔と風の魔は、歸つてゆきました。

王さまは、あくる日から多勢の大工にいひつけて、以前よりも一層大きな、一層うつくしい宮殿をおつくらせになりましたが、こんどまた、火の魔におそはれては大變だと、國ぢうのかしこ

火の魔と石の像

むかし、大むかし、朝鮮のみやこの京城の西南に、大きな山があつて、その山の底に、おそろしい火の魔がすんでゐました。この火の魔は、すばらしい力をもつてゐて、すこしでも腹がへると、たちまち山のてつぺんからおどろくべき火焰をふきあげ、そこらの草や木は、いふにも及ばず、石でも金でも、ドロドロにとかしてしまふのでした。

ある日、火の魔は、山の底でひとりかうつぶやきました。

『あゝ、腹がへつたな。ちかごろは、山の草も木も石も金も、すつかり食つてしまつたから、もうこれといふうまい食ひものにありつけない。あの、みやこにたかくそびえてゐる、うつくしい王さまの宮殿をひとなめになめてしまつてやりたいな。』

そこで彼れは、仲のいゝ風の魔と相談しました。

世界童話集上卷目次

序にかへて——

なりかねるやうな箇所は一切省くか、または面白いやうに書き改めました。諸君の、白蠟のやうにけがれず且つ傷つきやすい心持を、私はつねに考へてゐるのでした。

世界の童話を集めた本は、今までかなり澤山出版されてゐます。しかし、この本ほど多くの材料を選び、あかるい、快活なお話のみを集めたものは他に決してないと、私は自ら信じてゐるのです。そして、この本をお讀みくだすつた諸君は、きつと私のこの言葉を、いたづらな高慢ではないと、私のために辯護してくださることをも、かたく信じきつてゐるのでございます。

大正十三年十一月末　著者

序にかへて

この三年ばかりの間に書いた童話のうちで、その舞臺なり人物なりを、世界各國の傳說なり奇談なり口碑なりから取つて來たものばかりを集めたので『世界童話集』と名づけましたが、この本に收めたものは、いはゆる飜譯物ではありません。むしろ私の創作（もちろん話の眞意は傳へてゐますが）といはせて頂きたいやうなものが、かなり澤山はいつてゐるのです。なかには大變長いお話で、まともに書いたら、それこそ一册の本にもなりさうなのを、かなり苦心して、面白い場面だけに縮めたものも隨分あります。獨逸の『イクサ・イクサ物語』や、佛蘭西の『十二人の薔薇姫』やが、その代表的のものです。

私はこれだけの童話を書くに、すくなくともこの十倍以上の材料を漁りました。苦心といへばこれが非常な苦心でした。そして、外國と日本とは、人情、風俗、習慣などがちがつてゐるため日本の少年少女諸君には、讀ませてはならないやうな箇所、また讀んでも、ちよつとおわかりに

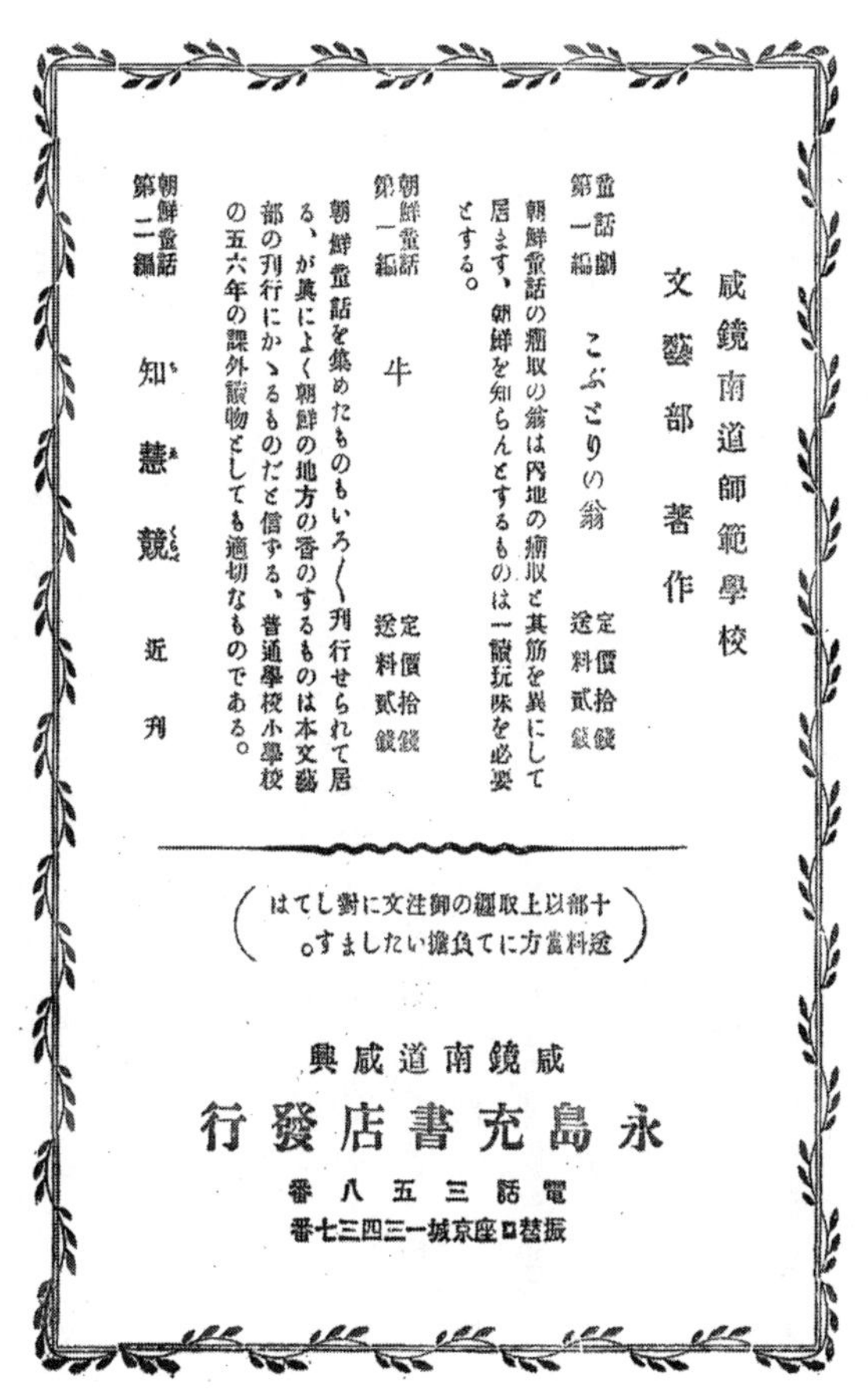
咸鏡南道師範學校
文藝部著作
童話劇 第一編 こぶとりの翁 定價拾錢 送料貳錢
朝鮮童話の瘤取の翁は內地の瘤取と其筋を異にして居ます、朝鮮を知らんとするものは一讀玩味を必要とする。
朝鮮童話 第一編 牛 定價拾錢 送料貳錢
朝鮮童話を集めたものもいろ／＼刊行せられて居るが眞によく朝鮮の地方の香のするものは本文藝部の刊行にかゝるものだと信ずる、普通學校小學校の五六年の課外讀物としても適切なものである。
朝鮮童話 第二編 知慧競 近刊
（十部以上取纏の御注文に對しては送料當方にて負擔いたします。）
咸鏡南道咸興
永島充書店發行
電話三五八番
振替口座京城一三四三七番

大正十三年十二月十七日印刷
大正十三年十二月廿五日發行

定價拾錢
郵稅貳錢

咸鏡南道公立師範學校文藝部
代表者
著作者 荒井亥之助
咸鏡南道咸興郡咸興面西陽里四十五番地
印刷者 中原正作
咸鏡南道咸興郡咸興面西陽里四十五番地
印刷所 咸興印刷所
咸鏡南道咸興郡咸興面東陽里百卆一番地
發行者 永島充
電話三五八番
振替京城一三、四三七番

天界のお話をしながら、試に「お黄金出ろ」「着物出ろ」といつて振ると黄金が山のやうに出る、美しい着衣が自分のもお母さんのも幾枚となく出ました。

お母さんは「お米が欲しいね」振つて見ると上等な米が十二三俵出ました、「これで暫らく安樂に暮らせます、餘り慾張つては神樣にすまない、大切にしまつておきませう」、と言つて寶物として小槌を簞笥の中に深く藏めておきました、不思議なことに斯んなことのあつた翌日「黑」が歸つて來ました。

豆の木は一夜の中に消ゑてしまひました。

福童さんの宅には春風が滿ち〳〵て、みなにこ〳〵して暮して居ます、何不自由ない親子の暮、　これは全く神樣のお惠みだと毎日感謝して暮しました　（了）

方は優しく「黒」を世話して上げたし。彼方のお父さんは世の人に情をかけてやつた感心な人間ですので天界の王様が白髮のお爺様を使として彼方に不思議な豆を贈つたのです、あの不思議な豆は成長も早いが、しかしまた枯れることも早いのです。ゆる〳〵して居ると下界との交通が斷たれてしまひます、だから福童さん、彼方は早く歸る仕度をなさい、こゝに一つの寶物があります、王様はこれを彼方にやれとの事です。これは滿願の小槌といふものです、何んでも彼方の欲しいものがあつたら、この槌に願つて靜かに打ふるのです、黄金が欲しいなら、「黄金出ろ」といつて振つて御覽ん。福童は其の通りに言つて振ると大判小判がザク〳〵と出ました。

「有りだたう、それでは早く歸つてお母さんを喜ばせませう、さやうなら」

「お急ぎなさい、さやうなら」福童は急いで豆の木を下りて來ました。

豆の木の下に毎日虚空をながめて泣いてゐたお母さんは、福童が、無事で下りて來たのを大層喜びました。

明日は早く起きてお爺樣を訪ねて見よう、如何したら牛を自分の手に戻せるかと思案にくれたらしく臥床に入つたのでした。

明くる朝驚いたのはお母さんでした。

あら、庭に大きな木が生ゑた、一夜の中に此の生長方、昨夕捨てた豆の木だ、不思議でたまらぬ、つい福童を呼び起しました、福童も不思議がつて居る、豆の木は見る間にズン／＼伸びて行く、枝が出る葉が茂る福童が上つて見る、自分を引いてくれるらしく感ぜられる、ズン／＼登れる、虚空遙に高い。そこに百花の咲き亂れた、花苑がある、ベンチがある、何處やらから美しい小鳥の聲が聞ゑて來る、妙なる音樂が聞ゑる、不思議な靈香が漂うて來る、下界を離れた天界の樂園、あゝ、樂しい。面白いなあと、四周を見廻しながら側の腰掛に腰を下しました、恍として暫らく吾を忘れて居ると もう居眠つて居たらしく誰れやらが肩を輕く叩くので 眼を瞬はると 優しい、美しい、若い一人の婦人が立つて居る、福童は思はず頭を下げました。

するとこの婦人が靜かに、

「福童さん、よく來ましたね、こゝは天界です下界の人間の永く居るべきところではありません、すぐお歸りなさい、嘸お母さんがお待ちでせう。」

私は初めて斯樣なところへ來ました、是非暫らくおいて下さいと福童は強請みました。

婦人は手を振つて言ひました、成程さう考へるでせう、しかし、それは出來ません、彼

右側に五軒、あのあたりにはお爺さんは居ない、若いものばかりだ、とやかく考へる、夢に見たお爺様の顔、様子があり〱と眼にうつる。

ぼうーと立つ居る、「福童や」といふお母さんの聲でわれに返つた。

それでは行つて來ます、「黑」にまたがつて家を出ました。

野道の草の茂つて居るところに牛を止めて食はして居ると、何處から來たか、一人のお爺様が自分の前に立つて居る、昨夜の夢のお爺様そつくりだ、不思議に思つて見守つて居るとお爺様は福童にいつた、夫れは下の様であつた。

「この牛は私が世話をしてやる、その代りこれをお前にやる。」

手に取つて見ると布の袋の中に豆が小一合ある、豆の美しい事、色々の模様に彩られた奇麗な豆だ、よいものといふのはこれか、「黑」さへ親切にしてくれたらよい、黑やさやうなら、と袋の豆をうけ取つてスタ〱家路に急いだ、家に着いたのはもう夕ぐれであつた。

お母さんが福童の姿を見出して、「大層早かつたね、」『よい買主が見付つたか、』「お金はいくらか」と畳みかけて聞いた。

「福童が今までの始終」を話すとお母さんは呆れて何とも答へずに、「その豆をお見せ、これ許りの豆を何うする、飼馴れた黑の代りにこの豆、あゝお前にも困つてしまふ、」何時も福童に對して優しかつたお母さんも其の豆を庭に捨てゝしまつて、「もうお休み。」

に上げよう」と

牛と取りかへるよい物は何？、しかし、いやだどうしようかと心配して居る其の苦しさに夢はさめて終ひました。

夜が明けかけました、障子が明るくなりかける、お母さんはとうに起きて「黒」に御馳走をこしらへてやりながら何か話して居る。お母さんは「黒」と別れを惜しんで居る。「黒や」「元氣で」「仕方がない」といふ言葉が絶ゐずに聞ゐる福童も床の中ですゝり泣きしました。やつと起き出して朝の仕度がすむ。

今日は「黒」を市場につれゆかねばならぬ。「黒」を手離さなければならない日だ、昨日お母さんの話ではどうしても牛を賣らねばならぬ、もうお願しても駄目だ、しかたがない、今日は「黒」を市場に引いてゆかう、昨夜の夢が夢でなかつたら嬉しいがと昨夜の夢を心の中に繰り返へして見る。親切な白髯のお爺樣　市場への途で逢へるだらう？、お爺樣は何處に居るのだらう。家から市場までは野中の一本道　道の右側に一軒家がある。あそこの爺さんは親切げの爺樣たが、昨夜の爺樣とは顔が違ふ、一軒家の先は左側に三軒、

お母さんの命に背く。恐ろしい大罪だが、僕は「黒」を賣りたくない。

引き返してお母さんにお願ひして見よう、
お母さんだつて屹度賣りたくないに定まつてゐる。

「一黒や」お歸り」と首を廻らして家に歸りました。

家に歸つた福童はお母さんの傍に來て、

「私は「黒」を賣るのはいやです、「黒」が可愛さうです。」

お母さんは默つて居る。

しばらくしてから、間の拔けたやうに、

「さう」

お母さんは眼を閉ぶつた。

其の眼瞼にはもう涙の玉が流れて居る。

其の後福童が朝早くから金童と野に牛飼ひにゆく日が二三日つゞきました。

四日目の夕方の歸りをまちうけたお母さんは涙ながらにどうしても牛を賣らねばならぬ事を福童に話すのでした。

其夜の夢に白い老人が來ていふのに「牛を貰ひに來ました、「黒」はお前にとつては大事の牛に違ひない。そして又「黒」が屠牛場に行くのは氣の毒に思ふ、牛は私が貰つてゆく、よく世話をしてやる、安心して黒を私にお任せ。其の代りよいものを福童さん

「さうです。」

母子の會話は至つて短かつた。

其の翌日福童さんは「黑」を牽いて家を出ました。

市場に行く途中でよく／＼考へました。

明日からは朝起きても「黑」にはのれない。「黑」と遊べない。

私はこゝ三四年間「黑」をつれて野に草を食はせて居た。朝霧の中に「黑」は私を背にのせて或時は田圃の間に、或時は野原に、山に出かけて夕刻になつて家に歸る、これが私の日課で一日も缺かしたことはないのだ。隣の金童、彼が私の牛飼友達、黑が悠々野の草を食ひ廻る背中の上で面白い話を交換して來た。歌も歌つた、が、明日からはそれも出來ない。

「黑」や私は今お前を市場に賣りにゆくのだ、買手の何者かは知れないが、お前を可愛がつてくれる人なら安心だが、もしか買手の顏が僕の氣に入らぬ奴ならいくら高くても賣るのはいやだな、「黑」やお前に載せて貰ふのも今日限りだ、私はお前と分れるのがいやだ」

牛

昔、咸鏡南道新興郡の或田舍に李福童といふ十才ばかりの子が一人のお母さんと淋しく貧しく暮らして居ました。

三四年前にお父さんを失くしました。お父さんの生きて居た頃は、さまで貧乏な暮しと言ふ程でもなく、まあ、中位の暮向でした、餘り富んで居ない暮なのにもかゝはらず、お父さんは極めて慈善の情に富んで居ました、隣近所の者は勿論、旅行者でもこの村に來たらみなこのお爺さんの名を覺ゐる程に名高いお爺さんです。「佛の李さん」この通稱の方が李伯雲といふ本名よりもよく響いてゐました。

お父さんの死んだ後の生活は質素に質素を重ねて來ましたが何分、かよわいお母さんの腕一つに子供一人のことですから年々に生活は苦しくなつて行くばかりです、田も人手に渡してしまつて今は財産といふものは僅かに永年養ひ馴らした黑毛の牛一匹だけになつてしまひました。

或日お母さんはこの可愛い牛を手離さねば暮していけぬやうになりました、

「坊や明日は「黑 を市場に賣りに行きなさい」

かういつたお母さんの眼には涙が潤つて居ました、

「あの「黑」を？」

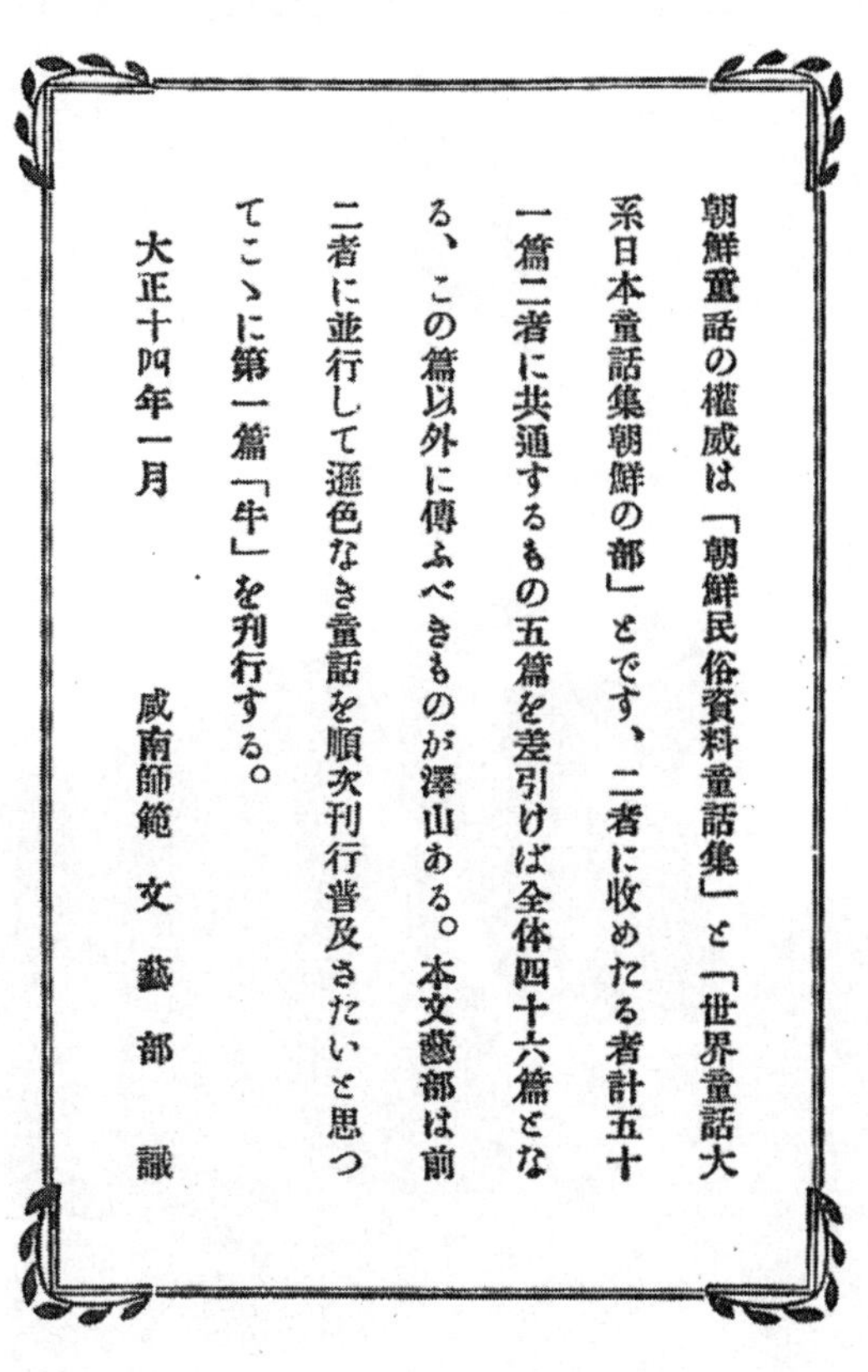
朝鮮童話の權威は「朝鮮民俗資料童話集」と「世界童話大系日本童話集朝鮮の部」とです、二者に收めたる者計五十一篇二者に共通するもの五篇を差引けば全体四十六篇となる、この篇以外に傳ふべきものが澤山ある。本文藝部は前二者に並行して遜色なき童話を順次刊行普及さたいと思つてこゝに第一篇「牛」を刊行する。

大正十四年一月　　咸南師範　文　藝　部　識

朝鮮童話第一篇

大正十三年七月五日印刷
大正十三年七月十日發行

【定價金五拾錢】

奥附

（東洋の傳說）

著者		木村荻村
發行者	大阪市西區新町通二丁目三四	脇阪要太郎
印刷者	大阪市南區難波久保吉町一二三九	吉田由治郎

發行所 大阪市西區新町通砂場筋北へ入 日本出版社（振替大阪三四一三二）

と、初めて王様は御氣が注かれましたが、綸言は汗の如し、一言でも仰有つたことは、お約束通りにせなければ、正道がたつて行きません。それで「嘘であらう」と仰有つたのですから、最初の約束通り、この百姓を姫君のお婿様に迎ひ入れられました。百姓は、すつかり湯に入浴て美しい衣裝を着換えますと、立派な男士となつて、恰度見違えてしまひました。それで王様もお姫様も大層悦ばれまして、賑やかなお祝ひの酒宴が初まりました。やがてこの男士は近國を平定まして、大きな國の王様となつて了ひました。（朝鮮）

と、百姓は猶ほも屈せず申し上げました。

『云ふな、云ふな、この印形と云ひ、書體と云ひ、朕のものに似せてはあるが眞ッ赤な僞物である』

『いーえ、決してそのやうな……』

『默れ、このやうな僞物を持つて、大金を瞞りとらんとする不屆者奴、さあ眞ッ直ぐに白狀をせよ、何うじや大方嘘であらうがな』

『はつ、有難ふございます。ではお約束通り、お姫樣を私に頂戴いたしたうございます』

『えゝッ』

「困つたことが出來たわい」

と、心の中でお考えになりましたが、偶とお氣注きになりますと、御判が何うも可笑しい、僞物のやうに見えるのです、それに訝しいと思つてみますと、まるで借用證の文字が、似ても似つかぬ惡筆のやうに思えます、それで王樣は烈火のやうに憤られて、

「こりや、汝は怪しからん奴だ、このやうな僞物を持つて、朕を瞞着しやうとする不屆者奴、その分には棄て置かぬぞツ」

「め、め、滅相もない、僞物なんてそのやうなことはございません。歷然とした御震筆でございます」

王樣も御立腹になりまして、早速百姓から、彼の證書をとり上げて御覽になりました。すると、夥しい金額が、ちやーーんと利子をも加えて勘定した借用證書であり、しかも麗々しく、王樣のお名前も書いて、御判もちやーーんと捺してありました。

『ふーむ、これは何んといふ事だ』

王樣は至つての御富裕でゐられますし、それにこんな見すぼらしい百姓から夥しい金子をお借り出しになるやうなことは、決してありませんですから不思議に思つて凝つと證書を御覽になりますと、何うしても御自分の御認めになつた借用證書に相違ありません。

せん、それに斯のやうな立派な證書まで持つて參つて居りますから、決して見覺えがないとは云はしません』

百姓も涙聲を絞つて、何にか書類のやうなものを、懐中から出して、頻りに見せびらかしました。

『何んだ證書がある、ふむ、一應それを見せてみよ』

『はい、これを御覽に入れまして、豫て御用立てしましたお金子を、御返却していたゞかうと思つて、遙々と出掛けて來たのです』

『控へろ、朕はお前のやうなものに金子を用立てさすやうなことがあるか、兎や角云はずにそれを見せろ』

と、朕はも百姓を御覧になりましたが、ついぞ一度も會つたこともありませんから、見覺えて居る筈がありません。その時百姓は少こし頭を上げたまま進み寄りまして、

『王様、それは餘りでございます。餘りでございます』

と、ほろ〳〵と涙を流して、何にか遡るやうでありました。

『だが朕は、些つとも見覺えがないではないか』

と、餘りの事に、少こし御立腹のやうでございました。それでも百姓は屈せず、

『いーえ、王様がお忘れになりましても、私の方は死んでも忘れはいたしま

『はい、それは王樣まことに恐れ多いことではござりますが、些と水臭いお言葉でございます』

『水臭い言葉とは、それは何ういふことか、朕はどの百姓に會つても、この通りに申すのだが……』

と、王樣も不思議に思はれまして、ちつと百姓を瞰下しました。

『はい、それはもう外々の百姓なら、そのお言葉で結構でございますが、私の顏をお見忘れでは、餘りにお水臭いと申し上げるのでございます』

『ほう、朕は其方のやうな百姓を見知つてはゐないが、はて何かの間違ひではないかな』

「仕方がない、兎に角此所へ伴れて來い」

と、仰せになりましたので、早速係りの役人が附き添ふて、彼の汚ない百姓を御前の廣庭に伴れて參りました。

王樣は、御椽側のところまでお出御になつてから、

「お前か、朕に用事があるといふのは?」

直接のお言葉ですから、百姓は砂地に頭を下げて、しづかに、

「左樣でございます　私は陳で厶ります」

と、申し上げ、少こし頭を斯うもたげるのでした。

「ふむ、その陳が何ういふ用事で參つたのじや、申してみよ」

門番は訝しいものと思ひましたから、その儘追つ拂ふてしもうと思ひましたが、何うしても此の百姓は立ち去りません。

『少こし用事がありますので、是非王樣に取次いで下さい』

いくら云つても頑として肯き入れません。弱つた門番は、この事を上役人に申しますと、

『然うか。事によると建札の一件かも知れないから、兎に角申し上げてみるから控へさして置くやうに……』

門番に命令を傳えて、早速王樣に此の趣きを申し上げました。王樣も、もうすつかり其の事は諦めておいで、ありましたから、邪魔くさいやうに、

『もし〳〵お願ひでございます』

と、案内を乞ひますと、門番は左右から長い棒をもつて現れました。

『こりや〳〵、汚い衣裝をして何所へ行くんだ、さあ――彼方へ行け、彼方へ行けッ』

と、恐い顔して追つ拂ひました。百姓は小腰をかゞめまして、

『いーえ、私は少こし用事がありまして、王様にお面謁いたしたいのでございます、何卒よろしく御取次ぎを……』

『何んだ、王様に會ひたい。ふゝん、貴様は狂氣か、莫迦なことを云はずに早く立ち去れいッ』

ど、村の人や都の人達は、斯麽噂さでもち切つてゐました。けれども誰れ一人とあつて、王樣の難題に答えて、『それは嘘である』と云はせることができませんでした。王樣も姫君も、誰れか一人位ひは、きつとこれに成功するだらうとお待ち兼ねになりましたが、來る者も來る者も、皆んな正直者でしたから、結局落第ばかりでした。

もう王樣も姫君も、すつかり失望せられて、この建札のことも自然に諦めるより外はありませんでした。

すると恰度、建札を立てゝから一と月程經つてから、一人の田舍の百姓が見すぼらしい姿をして、大手の門に出掛けて來ました。

たいへんな大評判をいたしました。で、孰れも孰れもど、王城へ出掛けてみますが、さて「嘘である」と王樣に云はせるやうな嘘を吐くことをすつかり忘れてゐましたから、皆んな出掛けても直ぐに落第するのでした。

『大變じやないか、王樣に『それは嘘である』とさへ仰有つて貰つたら、あの美しいお姫樣の婿樣になられ、王樣の位になることができるのじやないか一つ出掛けてみては何うだい？』

『駄目だ駄目だ、迚てもそんな六ケしいことが出來やしない、昨日も隣り村の智慧者が出掛けてみたが、一ぺんにころりと降參して逃げて歸つたよ、こんな事なら、少こし嘘のことも心得て置く方が好かつた』

れか、と智慧のありたけをお絞りになつて、やつとお考えになつたのは、嘘の事でした。

「然うだ、皆んなが正直者だから嘘をいふことは忘れて居るだらう、よしよし是れは好い思ひつきだ」

と、直ぐに御自分でお認めになつた建札を、城の大手前におたてになりました。それには斯ういふ意味が認めてありました。

「朕に『それは嘘である』と云はせた者には、姫の婿として迎え入れ、當國の王位を讓るであらう」

さあ、この布告を見ました都の人々や、それを聞き傳えた田舎の百姓達も

で、ある時王樣は斯麽ことをお考えになりました。

『あれが好い、これが可けないと云つてゐては、何日まで經つても際限のない話しだから、一つ六ヶしい題を出してみて、それに答えられたものを姫の婿と決めやう、それより外には良い方法がないから……』

と、思案の果に思ひつかれましたから、早速姫樣にもこの話しをいたしますと、

『お父陛下のお思召し通りにいたします』

と、贊成いたしました。そこで王樣は、早速その準備にかゝりましたが、さて是れといふ六ヶしい出題が浮ばぬのでお困りになりました。あれか、こ

になりましたが、さて是れといつて適當なお婿様が見當りませんでした。お姫様がお好きになつても、王様が『あれは智慧が不足をしてゐる』と仰せられてお話しが決まらなかつたり、王様が『これは乾度立派な智慧者だ』とお褒めになつても、お姫様の方で御意に召さなかつたりして、何うしても良い御縁談がありませんでした。

その間には、づん〳〵と歳月が經つて行きます。王様も、お姫様も、だん〳〵と探しくたびれて、もう焦れるばかりでありました。だから家臣たちや人民たちも大層に御心配して、いろ〳〵とお索ねになりましたが、やはり思ふ通りの好いお婿様が見當りませんでした。

お方でありまして、そして至つて正直なのを悦ばれました。だから御自分も何事によらず正直を第一にし、國民にも皆んな正直であることをおすゝめになりました。誰れも彼れも正直者ばかりとなりましたから、國はたいさう穩かにおさまつてゐました。

　こんな調子ですから、誰れ一人として不正直な、嘘をいふものがありません。それに『嘘』だと人に云はれたら、大層その人の恥辱となるのでした。ところが王様には、一人の美しいお姫様がおいでゝした。もう妙齢にお成りですから、お婿様を貰つて、王様の御位をお譲りにならうとお思ひになりました。其所で、いろ〳〵と王位を繼がすやうな立派な、賢こいお方をお探し

身體を抱きしめて、大層にその無事であつたことを悦ばれました。

軈て、それから二三日しますと、王様は二人の孝行で、そして殊勝な心がけに感心いたされまして、姉様は王子の妃に、亦弟には王女をつかはされまして、とう／＼立身出世をなし、お母様に大層孝行をつくされました。それからは毎年、豊年が續きまして、村人も悦び、國も太平に治まつたのでした。（琉球）

四　嘘のお手柄

むかし、ある都に王様がおいでになりました。この王様は、なか／＼聰明

―(目次終)―

東洋の傳説目次

趣味の童話

東洋の傳說

木村荻村著

日本出版社發行

大正十二年六月十日印刷
大正十二年七月十日發行

滑稽實話集（鳥の王子）
定價金一円廿錢

發行者 東京市京橋區南鍋町二丁目十五番地 增田義一

印刷者 東京市芝區愛宕町三丁目二番地 笠間晉次

印刷所 東京市芝區愛宕町三丁目二番地 東洋印刷株式會社

編者 東京市日本橋區中洲町三十九番地 松本苦味

發行所 東京市京橋區南鍋町二丁目十五番地 實業之日本社
電話銀座（二二〇二、二二〇三、三〇四、九九八）番

けれども、石佛像は嘘をした時に、頭を振つたと見えて、例のキン君が望んでゐたところのおほきな梨の實は、キン君のすぐ側におちてゐた。キン君は大喜びで、その梨をとりあげると、彼はいそいで家へ歸つた。家へ歸ると、犬ころ先生はキン君のもつてゐる梨を見ると、びつくりしてわんわんと大聲に吠えた。

その晩キン君は、晝間のあやふかつた出來事を話しながら、その梨を剝いて、自分と、妻君と、子供達四人と、それからワン公とで、舌鼓打つて喰べた。

さうぢやない。石佛像が嚏をしたのである。石佛像は嚏をして、自分の鼻の孔へはいつて來た惡戲者を吹出してしまつたのである。キン君は空を飛んで、藪の上に放りだされたまでは知つてゐたが、後はなにがなにやらさつぱりわからなかつた。彼は氣を失つてしまつたのである。

これがちやうど晝間の一時頃の出來事であつた。

さて、キン君は氣を失つたまま、夕方になるまで藪のなかに倒れてゐた。彼はやうやう氣が付いて、あたりをきよろきよろ見廻して見ると、初めて自分のしたことを思ひだした。彼は驚いて石佛像を見あげたが、石佛像は何事もなかつたやうな、平氣な顏をして、空に聳えてゐた。

な梨を取ることは、思ひあきらめてしまはなければなるまいか？

しかし、この時キン君の頭のなかには、一つの名案が浮んだ。それは石佛像の鼻の孔のなかへ潛りこんで、上のはうへとほりぬけることである。彼はここに考へが及ぶと、さつそく蟲けらのやうに、石佛像の鼻の孔へ潛りこんだ。中は眞暗であつた。けれども、彼はすこしも恐れずに、ぐんぐんと進んで行つた。實際、石佛像の鼻の孔へ潛りこむなぞは、隨分あぶないことである。しかし、キン君は、どうかして梨をとりたいと夢中に望んでゐたので、怖いも恐ろしいも、一切忘れてゐた。

ところが、きふに「はくしよう！」と、山を顫はすやうなおほきな音が響いた。雷が鳴り出したのか？　それとも地震か、大嵐か？

見上げると、自分の眼のまへには、石佛像のおほきな鼻が突つたつて、その孔は洞のやうに見えてゐる。キン君は、石佛像の口に足を掛け、鼻の孔に手を掛けて、それからまた上へ昇らうとしたが、いくら骨を折つても、もうその上に昇ることができなくなつた。彼はほとほと弱り果ててしまつた。例の旨さうな、水々した梨の實は、彼をぢらすやうに、わざと彼の眼のまへに見えてゐる。軟かな風が、そよそよと吹いて來る度毎に、ちやうど取れるものなら取つて御覽と言ふやうに、あつちへぶらり、こつちへぶらりしてゐる。

キン君はじれつたいやら、口惜しいやらで、身を藻搔いたが、石佛像の顔は、おんまりつるつるしてゐるので、どうすることもできぬ。旨さう

見ると、じつに見事な、人の頭ほどもあらうかと思はれるほどな、素晴しい、おほきな梨の實が、ぶらぶらと一つぶらさがつてゐた！　大したものである！　これほどのでかい物を、一つ切つて持つてゆけば、一家六人してもまだ喰ひきれまい。幸運もののキン君、これに目を付けると、棚から牡丹餅が十おつこちて來たよりもよろこんだ。

しかし、困つたことには、石佛像の頭の上に昇らうとしても、それに懸けるほどの長い梯子がないことである。キン君はしばし思案に暮れてゐたが、やがて思ひきつて、葡萄の枝につかまつて、よぢのぼることにした。

キン君はまづだんだんと昇つて、やうやく頤のところまでついた。

團子をこしらへてゐた。

キン君は、旨い獲物もなく、暫くぶらぶら、ぶらぶらぶらと山の中をさ迷つてゐた。そして晝時と覺しい頃、とあるおほきな石佛像のあるところまでやつて來た。この石佛像は、その高さが數丈もあつて、むかし朝鮮に佛敎が盛におこなはれて居たころに建てられたものであつた。その口は四尺も幅があり、その鼻は三尺程も高さがあつて、かなりの肥つた男でも、樂にその鼻の孔へはいれるくらゐであつた。この石佛像のまはりには、葡萄の枝が一面に絡み付いてゐた。そして、その頭の素天邊には、一本の梨の樹が生えてゐた。

キン君は、なんの氣なしに、ふと、その頭のうへの梨の樹に目をとめて

ころと同じやうに、一年三百六十五日、つひぞ顔を洗つたことがないから、その眞黑けで、きたならしいことはお話にならない。また犬ころ先生は、御主人によく似た怠者で、腹さへくちければ、朝から晩まで、大低ぐうぐうと大鼾をかいて寢てゐる。

さて、おかみさんにどなりつけられた怠者のキン君は、不精無精に家を出かけて山へ行つた。山へゆけば、うまくすると金の塊か、それとも寶石のかけらかなにか落ちてゐるかも知れない。まづく行つたたつて、苺か、野葡萄か、梨かなにかはあるだらうと、キン君相當の智惠を出したのである。

家ではその間に、おかみさんは子供に喰べさせるためにせつせと黍

して、朝から晩まで、煙草を吸ひながら、棚から牡丹餅の落ちて來るのを待つてゐるのである。

ある一日、キン君のおかみさんは、ひどくキン君をどなりつけた。そして、なにか喰べるものを持つて來てくださいと言つた。おかみさんがかう言ふのも無理はない。なぜならば、キン君は爲事もせずに、毎日遊んでゐるので、もう家中のものが喰べる食物すらなくなつてしまつたのである。

實は、キン君の家族といふのは、總勢で六人と一匹ゐた。これを細かに分けて見ると、すなはちキン君と、キン君のおかみさんと、四人の子供と、一匹の犬ころといふ勘定である。キン君の子供達は、飼つてゐる犬

大佛の嚔

（朝鮮童話）

山の麓にすまつてゐるキン君は、大の怠者である。彼は自分が喰べさせてゆかなければならぬ家族があるにもかかはらず、働かうともしない。朝起きると、なにはともあれ、まづ例の三尺もあらうかと思はれる長煙管を取出して、ぷかりぷかりと煙草を吸ひはじめる。彼はかう

目次

目次終

滑稽童話集 馬の王子 目次

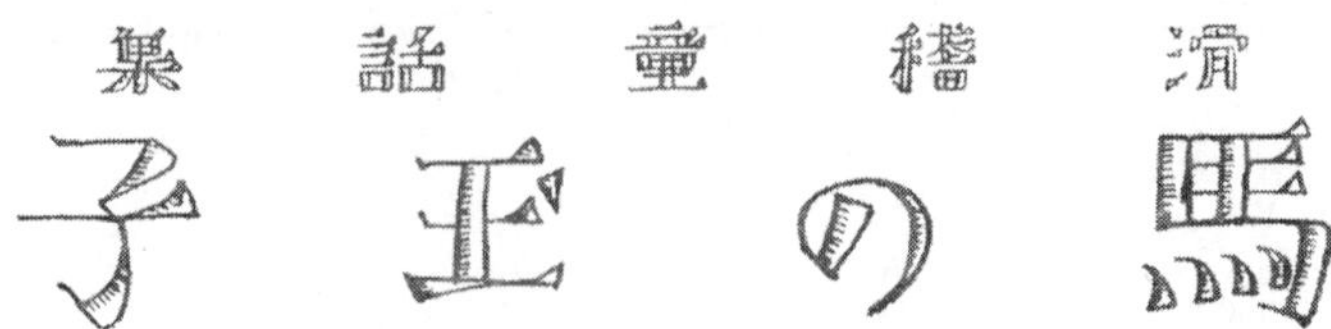
滑稽童話集
馬の王子

大正十一年五月五日印刷
大正十一年五月十日發行

定價金壹圓五拾錢
送料金八錢

童話の世界めぐり

不許複製

著作者 樋口紅陽

東京市神田區今川小路二ノ十七
發行者 稻垣利吉

東京市神田區濱路町二丁目二番地
印刷者 瀨下三郎

東京市神田區濱路町二丁目二番地
印刷所 文進堂

東京市神田區今川小路二丁目十七番地
發行 九段書房
振替東京二六六六七番

まひました。

仕方なく吊臺にのせられて家へかへるには歸りましたが、餘り慾ばつて轉びすぎた罰があたつてか、それとも亦、お禁厭で安心して氣が拔けた所爲か、其の時から俄にぼんやりして、眠つたやうにしてゐましたが、三日目に到頭その老人は死んで了ひました。

死ぬといふことは、三年の間は生きてゐるといふことでせう。して見れば今一度轉べばそれよりもまた三年生きのびられるわけではありませんか。』

と教へてくれましたので、老人を始め、家の者や近所の人たちは、

『なる程その通りだ。有難い有難い。』

と、手を拍つて喜びました。そして早速その通り、三年坂へ出かけて、元轉んだ所で、また轉び始めました。そして、もつともつと長生したいといふので轉んだ、轉んだ、あしや腰が痛くなる程轉んで、終には身體が動けなくなつてし

行つてもう一度轉ぶだけのことです。』

といひました。これを聽いた老人は火のやうになつて怒り出して、

『何を、この藪醫者め。他人のことぢやと思つて良い加減のことを言つて騙しこんで金をとるとは、さてさて非道い奴だ。考へても見ろ、一度轉んでさへ三年目には死ぬといふぢやないか。』

といふなり枕を引つ掴んで投げつけようとすると、お醫者はそれを抑へて、

『まあ、そんなに怒らないでよくお聽きなさい。三年目に

『御隠居さん、心配しなさるな、氣をしつかりなさい。それには良い禁厭がありますから――』といつて呉れました。すると老人はそれを聽くなり跳ね起きて、

『えつ、何です、良い禁厭があるとおつしやるのですか。ああ有難い、早くそれを敎へて下さい。』

と、お金をどつさり紙に包んで差出しました。お醫者は直ぐそれを懐にしまつてから、

『これはどうも有難ふ、遠慮なしに戴きます。さてその禁厭といふのは別にむづかしい事ではない。ただ轉んだ所へ

なり仆れて了ひました。家の人や近所の人たちは大騷をして床の中へつれていつて寢かしても、まだわうわうと泣きたてるばかりです。皆が寄つて來て、どうしたのですかと心配をして訊きますと、

『轉んだ、わうわう、轉んだ、わうわう。三年、三年目には死ぬのだ。わうわう。』

と、かういつては泣きつづけるのでした。この調子では三年どころか、三日も保てさうにもありません。

この事がそれからそれへと評判になると、その次の日に、村のお醫者が聞いて訪ねて來て、

どうした機か、足もとがゲクリとしたと思ふなり、バッタリと横に仆れてしまひました。ハッと思つて急いで起きたが、もう間にあはない、一度轉んだからにはもう取り返しが付きません。さあ大變、かうなるとどうしても三年目には死ななくちやならないのです。

死ぬことに定ると、今までは、どうせ老人のことだから命の惜いこともないと思つて隨分自慢をしてゐた老人も、急に命が惜くなつて來たと見えて、白髮頭をかかへて、赤ん坊のやうに『わつ』と泣き出してしまひました。そして泣きながら杖をついて自分の家へ歸りましたが、戸口を入る

んも轉んだことなんかありゃしない。轉ぶのは若い者ぢゃ。どうしても若い者は粗忽かしいからのう。老人は何といつても落着いてゐるから轉びはしないよ。まあまあ、心配しなくともよい。』

さういつて、たうとう出かけて了ひました。

なるほど老人は自慢しただけあつて、この坂を何の事もなしに越して、立派に用事をすましたので、さて歸ることになりました。

上るときよりも下るときが骨が折れるといふので、老人は尚更氣をつけて下りましたが、もう一息といふところで、

ところが此の坂の下に一人の老人が住んでゐました。或る日何かの用事で山向ふまで行かねばならぬことになりました。ところがこの老人は、老人の癖にこの恐ろしい坂を越して行かうといひ出しましたので、さあ大變だ。そんな老人がどうしてこの危い坂を越せるものか、若い者さへ危いといふんですもの、別に急ぐ用事でもないのだし、廻路をしていらつしやいと、家のものや近所の人たちは親切に止めましたが、元からきかぬ氣の老人ですから、仲仲そんなこと位では凹みません。

『俺は昔から何べんもあの坂を越したことがあるが、一べ

三年坂（朝鮮）

朝鮮に、ふしぎな坂があります。

昔から、この坂で轉んだら、どんな人でも、三年目にはきつと死んでしまふので、誰いふとなく『三年坂』といつてだ口そう恐しがつてゐました。

それですから山を越す人たちは、どんな若い元氣なものでも、皆兩手に丈夫な杖をついて、一足一足きをつけながら歩くのです。しかし、誰でも、命はをしいから、どんな急ぐ用事の時でも態態廻路をするといふ仕末です。

童話の世界めぐり目次終

童話の世界めぐり

目次

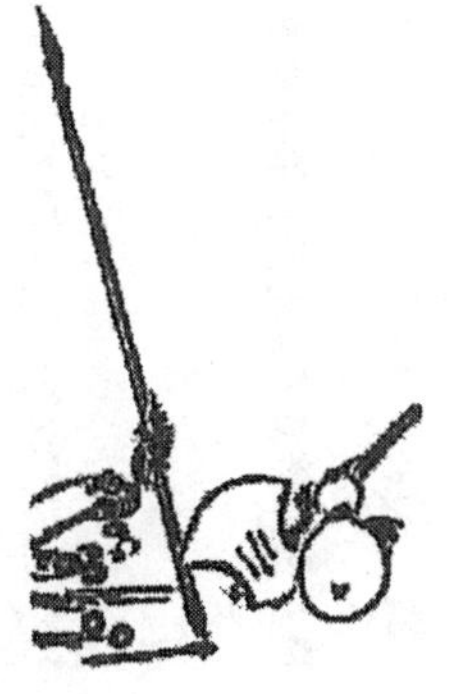

せねばならぬとけつしんして、自分の死ぬのにかまはず、きけんしんがうの赤はたをもつて、れーるの上へ飛んで出て「おゝいその汽車とまれ〳〵」といつて、自分の身をすてゝ汽車にのつてゐる人をたすけたことが、じつにかんしんだと思つた。

このお話をきいて、あんまりかはいさうなので、みんな泣いてゐた。僕もにぎりこぶしでなみだをふきふききいてゐた。

東京市本郷富士前小學校四學年生

關口八太郎

だれもきてゐないので、今日はないのではないかと思つて、がつかりしながら家へかへつてきた。そのうち一時になつたので、またお富士様にでかけて見ると、もう何百人といふたくさんの子供が一ぱい立つて、その中に一人のりつぱな人が話をしてゐるので、僕は「あつたぞあつたぞ」と一人ごとを言ひながら、そのそばへ飛んでいつて、おもしろいおもしろい話をきいた。このお話のだいは、岩のライオンといふのだつた。このお話はと中からきいたのだからはつきりわからなかつた。第二のはイワンの飛行船といふのであつたこの話はひじやうにおもしろかつたので、きいてゐる人を、いくどもいくどもわらはせた。三番目の勇かんなるふみ切り番の少年といふのは、おもしろくはなかつたが、じつにかはいさうないさましいお話であつた。中にも一番いさましいと思つたことは、後にこの少年が、向ふの大川にかかつていたてつきやうがこはれたのをみて、もし自分がこはれたことを汽車にしらせなければ、あの汽車に乗つてゐる大せいの人は死んでしまふから、どうしてもしら

兒童の聲

これは私の幼い社會奉仕としてやつてゐる、日本おとぎ學校の野外おとぎ口演會に來た兒童に、受持教師の畑野慶治氏が作らせて見たといふ。僞りのない感想文の一つです。私にそれをそつくりそのまま此の本の卷頭に掲げて、兒童教育に熱心な畑野氏と幼い友だちの關口八太郎君に感謝いたします。

わらつたり泣いたりしたお話

朝、女中が、お使にいつてかへつて來て、僕の前へきて「ばつちやん、今日一時からお富士樣にお話がありますよ」といつたので、おとぎ話の大すきな僕は、飛立つばかりによろこんで「さうかい、それではいかう」と答へた。おとぎ話のすきな僕は、今日お富士樣にあるときいて、もう一時まで待つのがまちどほしくつてまちどほしくつて、まだ十一時がうつたばかりなのに、もうはじまつてゐるのではないかと、いそいで家を飛びだし、お富士樣を目あてにかけだした。いつてみるとまだ

1

すゐせん

世界大戰で引かきまはされた世界は、其の波が靜まるにつれて、いよ〳〵世界的と云ふ語を、文字通りに實現しなければ成らなくなつた。かゝる時に又少國民諸子の爲めに、この『世界めぐり』の出るのは、最も時勢に適したものであると同時に、又極めて必要なものである。お伽學校の創立者、紅陽君の如き精力家にして、初めてこの著を見る事が出來たと、私も世界お伽噺の編輯者として、深く之を喜ぶのである。

大正十一年春　巖谷小波

はしがき

童話の世界は少年少女の想像の翼をひろげて樂しむところです。それだけにより善良なものを擇んで與へねばならぬことは言ふまでもないことであります。かういふ考へから、世界中のお噺を一つづつ擇びました。さうしてこれを、多くの愛する少年少女諸君と、その家庭に提供いたします。

大正十一年三月雛の節句

紅陽しるす

童話の世界めぐり

日本おとぎ學校長
樋口紅陽譯著

大正十一年三月二十三日印刷
大正十一年三月二十七日發行
大正十一年五月二十三日再版印刷
大正十一年五月二十七日再版發行

定價六十五錢

愉快な話・悲しい話

童話の泉

著作者　京城府日ノ出町二三番地　八島行繁

發行者　京城府貞洞二番地　藤村忠助

印刷者　京城府旭町二丁目十番地　天野キヨ

印刷所　京城府旭町二丁目十番地　京城印刷所

發行所　京城府太平通一丁目　振替口座京城三〇〇番　京城日報代理部

ちが見違ゑる程美しくなつてゐるので幽靈ではないかとばかり驚きました。しかし、それは、紛ふ方ない妹姫であつたので、おゝ惡いことは出來ない者だと悔改めました、けれども今迄醜かつた妹姫の顏が何うして斯ん麼に美しくなつたのか不思議に思ひ、妹姫が寢た間に文箱を開けて見ると、小さい一つの鏡がありましたのでそつとその鏡を覗いて見ました。すると今迄美しかつた容貌は、見る見る内に醜くなつてしまいましたが、其代心はすつかり美しくやさしくなりましたそれからは、今迄とはまるで別人のやうに妹姫や家來共をよく可愛がるやうになりました。又妹姫は叔父の修業者から貰つた人蔘を父王樣に差上たので王樣は、大變長壽をされました。―【終り】―

なのは、此修業者である。現在あの惡い家來のために、森の中に捨られた時に自分は慥に大虎のために喰ひ殺されたやうである。それが斯うして無事に助かつてゐる、何うしても不思議で堪らない。そこで、妹姫は、不審な修業者といろ〳〵物語りをしてみると、不審な修業者と云ふのは現在の叔父さんであつたことや、虎と思つたのは、修業者の叔父さんが虎の皮を被つてゐたと云こと迄、すつかり解つたので始めて今迄の不審が解り見送り見返りながられ別れをして、敎へられた道をざん〳〵急いでれ城に歸つて參りました。そんなこととは知らう筈もない姉姫と惡い家來共は、虎に喰はれたものとばかり思ひ込んでゐた妹姫が無事で歸つて來たのが不思議で堪らない上に、妹姫の顏だ

と、一つの小さい鏡を取出し、

『此鏡で一度顔を見る時は、其者の顔も心も屹度美しくなる。もう一つの品は』

と、云つて斯ん度は、一本の草の根のやうなものを取り出し、

『これは、人參と云つて、煎じて毎日飲めば長壽の妙藥ぢや。さあ此二品を與へるから、早く歸るがよい』

『はい、危うい命までお助け下さいました上、此やうな貴い二品をお惠み下さいまして有難う御座います。屹度この御恩は忘れは致しません』

と、妹姫は、その二品を押戴いて禮を述べました。しかし不思議

ではなく、大きな洞穴でした。さうして虎の皮の上に靜かに寢かされてゐる事に氣がつきました。

『まあ、妾、何うして斯んな處へ』

と、不思議さうにあたりを見廻してゐると、其處へ一人のお爺さんが現はれて、

『おう正氣付いたか』

『まあ、貴方は？』

『何もそんなに驚くことはない、俺は、此森に住む修業者ぢや、今日此森へ一人の女を捨てに來るから救ひ出せよ、といふ神のお告によつて、助けた迄ぢや、しかし俺は今其方に與へる二品がある』

『ザク……ザク……ザク……』

と、雪を踏んで何か近寄つて來る氣配がしました。妹姫はハテ何であらう？と泣き腫した顔をジッと揚て見ると、其はまがふ方もない大きな虎でした。耳迄も裂けた赤い口！ギラギラ光つた眼！今にも妹姫目蒐けて只一呑みにしようと云ふ様子をしてゐますので、妹姫は

『あれッ……』

と、云つた限其處へバッタリ氣を失つてしまいました、然し不思議なことには虎は妹姫を食ふともせず、却つて大事そうに妹姫を前足で抱へ込んで、何處ともなく立去つてしまひました。

虎に凌はれた、妹姫はやがて、正氣付いて見ると、其處は雪の上

『ごしようだから、妾を連歸つて頂戴！』

すると、惡い家來は後を振向いて、

『冗談云つちやいけません、つれて歸る程なら苦しいのに、斯んな山中へ連ては來ません』

『それでは、それでは、妾を何うするつて云ふの』

『虎に喰はすのです』

と、惡い家來共は、どん〳〵逃げ歸つてしまひました。

『まあ、妾を虎に喰はすんだつて何うしよう……何しよう……』

妹姫は悲しいやら口惜しいやら、恐ろしいやらで魂も消へんばかりに其處へワッと泣き伏し、潸然と泣いてゐますと、やがて、

『いゝとも〳〵、此處迄來れば大丈夫だ！』

と、一人の家來がひよいと前の方を見ると、雪に印された大きな虎の足跡が目につきました。

『やつ大變だ、うつかりしてゐては俺達が虎に喰はれてしまう、さあ逃ろ……』

と、家來共は慌てゝ逃歸らうとしました。

この話を肩輿の中から聞いて吃驚したのは妹姫でした。

『まあ、妾をこんな恐ろしい處へ置き捨てにして逃歸らうつて、ひどい家來だこと』

妹姫はもう眼に一ぱい涙を湛へて、

來は早速用意してあつた肩輿を持ち出して、

『お姫樣！さあ此肩輿にお乘りなさい、さうして雪見に參りませう、姉姫樣も後からお越になります』

家來共に惡い企みがあらうとは夢にも知らない妹姫は、家來共が言ふがまゝに肩輿に乘りました。

惡い家來共は妹姫が思ふ壺に篏まり、肩輿に乘られたので、もう大丈夫だ、早く山奧に捨て褒美にありつこうと、肩輿を擔いで一生懸命ザク〳〵と雪を踏しめながら淋しい山路を辿つて奧へと急ぎました。やがて妹姫を乘せた肩輿は深い森の中に降ろされました。

『おい相棒……此處らでいゝだらう』

呼んで、罪科のない妹姫を無きものにしてしまふと云ふ惡いたくみをいたしました。その時一人の惡い家來が、ぽんと膝をたゝいて、

『お姫様！　妹姫を無きものにする手だては、あの恐ろしい虎が出るといふ深い山の中に捨るが一番いゝと私は考へます、それには雪のどん／＼降り積もつた日がいゝと思ひます』

と、小聲でいふと、一人の家來が一膝乘出して。

『お姫様！　其時妹姫に雪見を勸めます、さうして肩輿で山奥に捨ませう』

それから幾日かたつた、或る日の夕方から大雪がどん／＼降出して翌日には五尺の深さに積りました。かねて惡企みのある姉姫と惡い家

◇姉姫と妹姫◇

昔、新羅の國王に姉妹のお姫様がありました。

妹姫は、姉姫よりもずつと容貌は醜いけれども、心の中は至つて美しい立派な方でありました、その上大層情深い方でしたから、家來共は姉姫のお命令はそむいても妹姫のお命令はどんなことでも、

『はい、はい、はい……』

と、よく守りました。かねてから容貌の美しいのを鼻にかけて、家來共に、ぽんぽん當つてゐる姉姫は、この有様を見ては癪にさわつて堪まらなくなつて來ました。そこで姉姫は或る日ソッと惡い家來共を

た。

『是れは、是れは、立派な瓢箪が澤山生つたわい』

と、嬉んで居ると、澤山な瓢箪が一時に破れて、中から種々な形をした、惡魔が飛び出して來て、お爺さんの寶物を皆盜み去つて終ひました。そうして、一番大きな瓢箪からは、水が、

『どう〳〵……』

と、凄い音響を立てゝ流れ出しましたので忽ち淵となつて、お爺さんは、遂う〳〵溺れて死んで終ひました。其處には旅僧が鈴を振りながら、經文を唱へてゐました。

＊　＊　＊

『だう可哀さうに、さぞ痛い事であらう、どれ私が手當をして、進ぜませう』

と、繃帶して、元の巣の中へ入れて置きました。

軈で燕が立ち去つて、終うと、お爺さんは、赤い舌をぺろりと出して、

『斯うして、置けば大丈夫、あの雛燕が來年は、屹度瓢箪の種子を持つて來て、呉れるに違いない』

翌年の春が來ると、足を繃帶した、一羽の燕が飛んで來て一粒の瓢箪の種子を呉れました、お爺さんは、大嬉び、早速種子を蒔いて置くと、軈て可愛らしい二葉が出て、白い花が咲き澤山の瓢箪が生りまし

お爺さんでした。

『いゝ事聞いた、どれ私も一つ金儲けをしてやらう？』

と、云つて、巣から、一羽の雛燕を摑み出して、

『おい雛燕！ 此の巣から下へ落こちるのだ、さうして、足を一本折るのだ』

と、云ひながら、雛燕の足を一本、ぽきつと折つて終ひました。

雛燕は、足を折られて悲しさうに、

『ちい〳〵、ちい〳〵』

と、啼きました。

お爺さんは、さも悲しさうな聲で、

爺さんの前に飛んで來て、一粒の種子を呉れました。

お爺さんは、早速、その種子を庭に蒔きました。

すると、軈て、小さい二葉が出て、それが段々大きくなつた頃には白い可愛らしい花が咲いて、二つの瓢箪がなりました。

或日、お爺さんは、二つの瓢箪を抱へて見ると驚いた。

『あゝ、是れは、重い、何が入つて居るのだろう？』

お爺さんは、瓢箪を逆しまにして、振りました。すると、一つの瓢箪からは、お金がダク〳〵、一つの瓢箪からは、お米がぞろ〳〵と出て今迄貧乏であつた、お爺さんの家は、忽ち大金持ちになりました。

その話を聞き付けたのは、例の旅僧に水をぶつかけた、お金持ちの

しました。

『あの燕達は、何處を飛んで居るだらう？來年になつたら又來て吳れるだらうか』

お爺さんは、斯麼事を云つて、ほろりとすることもありました。

其年も暮れて、種々な美しい花の咲く春が廻つて來ました。

お爺さんは、眼を擦つて、毎日空を眺める樣になりました。

すると、或日、澤山な燕が群をして、飛んで來ました、さうしてお爺さんの屋根の家の上にとまりました。

『それ來たぞ』

お爺さんは、雀躍して嬉んで居ると、足を繃帶した、一羽の燕がお

お爺さんから、足を繃帶して貰つた、雛燕は、軈て巢の中へ入れられました。

日が經つにつれて、雛燕の傷は癒り、傷が癒ると共に空を自由に飛ぶ樣になりました。

それを見た、お爺さんは、

『ほう、雛燕の足の傷が癒つたと見へるわい』

と、嬉んでゐました。

其内に、暑い夏が去つて、凉しい秋風が吹き初めました、すると雛燕は、親燕に連れられて、何處ともなく去つて、終ひました。

燕が去つて終うと、お爺さんは、何だか子供にでも別れた樣な氣が

と、可愛らしい聲で啼き出しました。

それが獨りボッチのお爺さんには、何よりも嬉しくつて、眼を小さくして嬉びました。さうして、

『雛燕よ、早く大きくなれ、大きくなつて空を自由に飛んで見せて呉れ！』

と、毎日、巣を見上げて、申しました。

或日の事、一羽の雛燕が何うした機會か、巣の中から轉り落ちて、足を一本折つて、苦しさうに啼きました。

それを見付けた、お爺さんは、吃驚して、

『まあ、可哀さうな事をした、どれ／＼手當をしてやりませう』

と、出て來たのは、見窄らしい裝身をした、白髮のお爺さんでした。

『是れは、ほんの尠しばかりだが』

と、お金と、お米を與へました。

『いや是れは、何うも有難う』

旅僧は、何度も叩頭をしながら、何處ともなく立ち去つて終ひました。

それから、少時すると何處からか番の燕が飛んで來て、見窄らしいお爺さんの家に巢を造りました。

それから間もなく、可愛らしい雛燕が生れ、

『ちい〳〵ちい〳〵………』

旅僧は、やつと、經文を止めて、法衣にかゝつた水を靜かに打ち拂ひながら、怒りもせず、却つて莞爾しながら、其處から立ち去りました。

後を見送つた、お爺さんは、

『何だか、薄氣味の惡い坊主だ』

と、云つて、扉をガタ、ピシャと、締めて終ひました。

少時してから、旅僧は、這度は、見窄らしい一軒の家を見付けて、門口に立つて、又前の樣に鈴を振りながら、經文を唱へました。

すると、奥の方から聲がして、

『どれ〱喜捨しませう』

『貴様達にやるものは無い、さつさと、通つて行けつ……』

それでも、旅僧は、まだ經文を止めないで佇んでゐました。

『煩い坊主だ、行けといつたら、行けつ』

とぷり〳〵、怒りながら、出て來たのは、立派な裝身をした、白髮のお爺さんでした。

『おい坊さん、其處退かないと、水をぶつかけるよ』

それでも、旅僧は、經文を止めませんでした。

『おゝ忌々敷い坊主だ』

お爺さんは、遂う〳〵癇癪を出して、旅僧目蒐けで、水をぶつかけました。

眠つて終ひました。其處では姫樣は、銀の瓢箪の栓を拔いて、醒めのた水を王樣に呑ませましたので、王樣は始めて、惡魔の夢から覺めて始めて惡い事をしてゐたと氣がつくと、急いで山を下り、惡い家來を罰して、好い政治を布かれました。

* * * *

◇怪しき旅僧◇

初夏の或日、一人の旅僧が、チリン〳〵と、鈴を振りながら、或立派な家の門口に立つて、經文を唱へました。

すると、奥の方から、大きな聲で、

銀の樣な眼を光らせて、

『其處へ來たのは誰だ』

お姬樣は恐ろしさの餘り身がすくみ聲さへ震へるのでした。而し此處で怖氣てはと氣を引立てゝ

『魔の神のお好きな、酒を持つて來ました、さあさあ、皆さん召上れ』

『何に好きな酒を持つて來た？酒と聞いては堪らない此處へ持つて來い、早く〳〵……』

お姬樣は恐る〳〵惡魔を眠むらせて終う眠の酒の入つてゐる金の瓢簞の栓を拔いて惡魔の前に差出しました、大勢の惡魔は吾れも〳〵と殘らず眠の酒を飮んで終いました。少時すると惡魔は、皆酒に醉つでさあさ惡魔の森へ案內せう…………

　ポツポツポツポ…………

　ポツポツポツポ…………

と、何處からとなく一羽の眞白い鳩が飛んで來て美しい聲で唄ひました。そうして鳩はお姬樣の先きに立つて、ピヨイ、ピヨイ、飛びながら惡魔の森に案內しました。

其處には多勢の惡魔が王樣を取り圍いて、狂いの酒を呑ませてゐました、それを見ると、お姬樣は又悲しくなつて、

『ワッ……』

と、聲を上げて泣き伏しました。此の聲に吃驚した、多勢の惡魔は

悪魔を醉はすお酒が入つて居る、銀の瓢箪には悪い夢が覺めるお水が入つて居る、金の方は悪魔に、銀の方は王様に呑ますのぢや、よいか忘れてはならぬぞ』

と、仰しやつたかと思ふと、不思議なお爺さんの姿は煙の様に消へて終ひました。そこでお姫様は金と銀の瓢箪を抱へ上げて、

『まあ、不思議だわね……』

と、ぼんやり佇んでゐると、

ポツポツポツポ……

金の瓢箪眠の酒……

銀の瓢箪醒の水……

『さあ、早く、あの窓を覗いて御覧！』

と、指差しました。

お姫様は、黒いカーテンの掛けてある窓から先きに覗いて見ました黒いカーテンの窓にはお父様の王様が、多勢の惡魔に取り圍まれて、お酒を呑んで居らつしやる處が寫りました。

白いカーテンの窓からは、惡い政治に苦しんでゐる正直な下々の民の姿が見へました。お姫様はそれを一目見ると悲しくなつて、ワツと其處へ泣き伏しました。すると、不思議なお爺さんは、

『いや、泣く事はない、私はこの有様を見て、お前の此の森に來る事を待つて居た、さあ、此處に金と銀の瓢箪が二つある、金の瓢箪には

『あゝ、困つた事になつた』

と、毎日の様に泣き暮して居られた、お姫様は、何か決心する處があつたと見へ或晩、そつとお城を抜け出して、さうして、淋しい森に來ました。

『どうか、お父様の獵を止めさせて下さいまし』

と、一生懸命にお祈りするのでした。

すると、何處からともなく一人のお爺さんが現はれて手招きをしました。お姫様は無言つてお爺さんの側に寄ると不思議なお爺さんは、お姫様を一つの岩穴の中につれ込ました。さうして白いカーテンの掛けてある窓と、黒いカーテンの掛けてある窓を指して

其内に政治の何處かに、落度が出來ました。それに付け込んで、惡い家來共が蔓つて益々下々の困る惡い政治を布きました。これをご覽になつた、お姫樣は、王樣の袖に縋り、

『お父樣！あの亂れた政治を御覽なさいまし、下々の者が皆難儀をして居ます。之もお父樣が獵が過ぎるからです、何うか今日限り獵を止めて下さいまし』

と、泣く〱お願ひしました。

しかし、王樣の獵は決して止みませんでした、その上だん〱獵が激しくなるばかり、三日でも、四日でも夢中になつて、山を駈けずり廻つて、お城へお歸りにならない事が、度々重なりました。

と、云つて、大臣の家督を繼がせる事となりました。それは大臣が食事の前に醬油を吞む習慣がありました。福童も亦醬油を一番に吞んだので、愈々大臣の子であると云ふことになつたのです。それ以來朝鮮では、先祖を善い墓地に葬ると子孫が榮へると云ふ樣になつて、生きて居る內から墓地を探して置く樣になつたと云ふ事です。

* * * *

◇金銀の瓢簞◇

むかし、朝鮮に、大層獵の好きな王樣がありした。王樣は暇さへあれば、山に登つて獵をなさいました。

す』

と、いゝ加減の物語をして逃げ出さうとしました、その物語を聞くと、家來の者は俄に慌て出しました。

『たゝ待ちなさい。貴方が大臣の子とは知りませんでした。此事は一應奥方に申し上げますから一所にお出で下さい』

と、前とは打つて變つて福童を大事に勞りながら大臣の家へ連れ歸りました。さうして先づ食事をと云つて、大層御馳走を出しました。福童はそれを平氣で食べ終つた時奥の方で樣子をジッと眺めてゐた奥方は手を拍つて、

『是れは大臣の子に間違ひない』

した。さうして、家來は聲を荒らげて、

『子供の分際で何故斯麽惡戲をするのだ』

と、嚴しく訊ねました。福童は、逃げるには逃げられずもう此の上は仕方がない、と思ひました、さうして、何か決心したことが有りましたか俄に潸め〲と泣きながら、

『何をお隱し致しませう、私の父が死際に申しますには、お前は、此度なくなられた、大臣の子であるが、或事情があつて、私の子供として育て〻居た、此事は誰れにも話さなかつたが、私はもう死んで行くのだから話して聞かせると云つて、昨夜のことでした遂う〲死んで終いました。それで斯うして夜、そつと來て、お祭をして居たので

『此處は大臣を葬る墓地だから、屹度善い墓地に違ひない、よし今夜の内に惡いことではあるが此墓地の横に、お父樣を葬らせて頂かう』

福童は獨言を云ひながら、其横を堀つて、父の骸を葬りました。さうして種々な供物をして、お祭りをしました。翌朝大臣の家來が來て見ると、昨夜の中にお祭をした樣な跡があるので、

『はて、妙な事があるものだ、是れは屹度誰か惡戲をするに違ひない今夜は張番をしてゐて、惡戲者を引捕へて呉れよう』

と、四五人の家來が、張番をして居ました。すると、其處へ福童が張番をしてゐる者があるとは知らないでやつて來て、供物をして、お祭りを始めました。張番の家來は、飛び出して忽ち福童を引捕へて終いま

晩の中に死んで終いました。福童は悲しさと不思議な夢の恐ろしさに泣き慄へてゐましたが、ふと想ひついたのは……先祖を善い立派な墓地に葬ることを忘れてはならない……といふ夢でした。

『おゝさうだ、お父様は取りも直さず先祖である。善い墓地を探して葬らなければならない。泣いて居る場合ぢやない、善い墓地を探しに行ふ』

福童は月明りを便に附近の山や森の中を彼方此方と、探ね廻った末見晴のいゝ小高い處に、一つの新しい墓地を見付け出しました。月明りにすかして墓標を見ると、誰れと云ふ事は判らないが、慥に大臣の墓と云ふ事丈け讀む事が出來ました。福童は考へました。

はお前が受けるのであらう？』

『違ひます、お父様！それは大違いです、不幸事がお父様のおなくなりになる事であれば、それが何うして私の幸福事でせう、夢さかさまと申しますから……。お父様！私達は斯うしていつ〳〵迄も樂しい生涯を送る事をお祈禱いたしませう』

それ以來福童はお祈禱の度に

『お父様の身に 幸 の有ります様に』

と、祈る事を決して忘れませんでした。けれ共、不思議な夢は不思議にもやつて來ました、それは其の夢を見た日から五日目の晩のことでした、父の善根は俄かに、身體の工合が惡るくなつて、遂う〳〵一

福童は不審さうな顏をしながら訊ねました。すると、お父さんの善根も不審さうな、面容をして、

『さても、不思議なこともあれば有るもの！昨夜俺の見た夢もお前の見た夢と同じで、十日經たないうちに不幸事と幸福事があると云ふのぢや、その不思議な夢について、俺も考へて居る處なのぢや。』

『まあ、お父樣も、私と同じ樣な不思議な夢を御覽になつたのですつて？』

『そこで、俺の考へでは不幸事といへば誰か死ぬ事であろう、死ぬと云つても親類緣者のない俺等ぢや、して見ると老人の俺が何うも死ぬる樣に思はれる、それから幸福事と云ふことだが、俺の考へでは是れ

親子の者は、その日、その日の生活にさへ差支へる程、貧乏はしてゐますが、心の奇麗な、さうして、信仰の篤い人でした。

或晩のこと、親子は、不思議にも同じ時刻に同じやうな夢を見ました。それは、これから十日の内に屹度不幸事がある。さうして、不幸事のあつた後には大層幸福事がある。しかし先祖を善い立派な土地に葬ることを決して忘れてはならない。といふのでした。

翌朝、親子は、日常のやうに、朝のお祈禱をすませたのち、

『さて、お父様！、私は昨夜不思議な夢を見ました、それは、これから十日のうちに屹度不幸事と幸福事があるといふ夢でした。お父様！不幸事と幸福事つて一體怎麼ことなんでせう』

の桶につかまつて天に上るがよろしい』
と、云ひ置いて何處ともなく立ち去つて終いました。お爺さんは大悦び、鹿の云つた通り朝早くお池の側に行つて待つてゐますと大きな桶が天から下りて來ましたのでお爺さんは早速桶に乗つて天に上りました。さうして芽出度く仙女と會ふことが出來て樂しく暮しました。

＊　＊　＊　＊

◇不思議な夢◇

昔、朝鮮のある村外れに、善根と福童といふ、貧しい親子が住んで居ました。

に與へました。すると仙女は、大層嬉んでその羽衣を身につけると共にひら〳〵と天に舞ひ上つて終いました。

お爺さんは、可愛い娘の仙女に逃げられて終つて又元の淋しい一人ぼつちとなりました。さうして毎日泣き暮してゐますと、或日、お爺さんに以前助けられた鹿がやつて來て、

『お爺さん！あなたの泣いてゐる譯を私はよく知つてゐます。それは可愛い仙女に逃げられたことでせう。しかし今となつては何んとも致方がありません。あれ以來仙女は、あのお池には水浴に降りて來ません。その代り天から長い綱に桶を縛りつけて毎朝あのお池の水を汲み取つてゐます。そんなに仙女に會ひ度ければ天から桶の下つた時にそ

と、一人の仙女を殘し置いてひら〱と天上へ舞ひ上つて終いました。後に只一人取り殘された仙女は悲しくなつて、潸然と泣いてゐますと、其處へお爺さんがやつて來て、嘆いてゐる仙女を慰めながら連れ歸りました。さうして、大層可愛がりましたので、仙女も今は天上のことを忘れて終つてお爺さんを、

『お父さん、お父さん……』

と、いつて樂しく暮すやうになりました。さうなるとお爺さんも、

『おゝ娘や、娘や』

と、可愛くて仕方がないやうになりました。餘り可愛いので鹿の云つた言葉をすつかり忘れて終つて三年經たない内に羽衣を出して仙女

羽衣仙女

するど軈て何處からともなく美妙な音樂が聞へて來たかと思ふと、三人の仙女は蝶のやうにひら〳〵と舞ひながら降りて來ました。さうして羽衣を脫いで松の枝に懸けて置いて水浴を始めました。お爺さんは仙女達が餘り美しくて、可愛らしいので吾を忘れてぼんやり見てゐましたがふと、羽衣のことに氣がつきましたので、手早く仙女の羽衣を一枚隱しました。軈て水浴をすました仙女達は陸に上つて、さて羽衣を着ようと思ふと、一人の仙女の羽衣が不足してゐることに氣がつきました。他の仙女達も一緒に羽衣の所在を探しましたが何うしても見付かりません。その內に天上へ歸る時が來ましたので他の仙女達は、『早く羽衣を探し出してお歸りなさい。それではお先へ左樣なら』

それを脱いで松の枝に懸けて置きます。それでお爺さんは、仙女達が天から降りて來ない前にそのお池の側に隱れてゐなさい。さうして仙女が天から降りて來て羽衣を脱いでお池に入つた時、そつと羽衣を一枚隱して置きなさい。すると羽衣のない仙女は天に上ることが出來ないで屹度其處へ殘ります。それこそお爺さんに授つた娘の子ですから連れてお歸りなさい。しかし三年が間は決して羽衣を仙女に出してやることはなりませんよ』

と、云つたかと思ふと鹿は何處ともなく立ち去つて終いました。

お爺さんは、鹿から敎へられた通り翌朝暗い内から起きて山に登り頂上のお池の側に隱れて仙女の天降るのを今か〳〵と待ち受けました

と、どん〳〵向ふの山の方へ行つて終いました。後でお爺さんは、

『やれ〳〵安心した。さあ鹿よ今の中に何處かへ見付からぬやう逃げで往くがよい』

と、勞りながら鹿を放してやりました。鹿は、さも嬉しさうに頭を何度も下げながら、

『お爺さん有難う。お陰樣でやつと一命を助かりました。この恩報じに私はお爺さんに一人の可愛らしい娘の子を差上げませう。それは、この山の頂上に大きな一つのお池があります。そのお池に毎朝それは〳〵奇麗な仙女が三人水浴に天から降りて參ります。この仙女達は羽衣と云つて、羽根の附いた着物を着てゐますが水浴をする時丈けは

鹿を積み上げた木の間に隠して其上から着物をかけて置きました。すると、其處へ這度は一人の獵師が息せき切つてやつて來ました。獵師は胸をさすりながら申しますには、

『今此處へ一匹の鹿が逃げて來た筈だが何方へ逃げたかお爺さんは知つてゐるでせう、何うか敎へて頂き度い』

すると、お爺さんは、向ふの山の方を指差して、

『その鹿なら、今向ふの山の方へ逃げて往つたやうだ、さあ急いで往きなさい、屹度追ひつけるでせう』

と、敎へましたので獵師は大嬉び、

『それは、何うも有難う』

只一つ悲しいことがありました。それは、子供が無い事でした。お爺さんは木を伐りながらも、ふとそれを想ひ出すと、働くことが嫌になつて其處へ斧を投げ出し、

『あゝつまらないなあ、子供が一人欲いなあ……』

と、曲つた腰を延ばして恨めしさうに天を見上げながら嘆息するのでした。

今日もお爺さんは、毎時のやうに木を伐つてゐますと、其處へ何處からともなく一匹の鹿が息せき切つてお爺さんの處へ飛んで來ました。さうして、頻りにピョコ〳〵頭を下げて助けて呉れといふ態度をしました。お爺さんは、是には何か仔細がありさうだと思つたので、早速

◇羽衣仙女◇

昔、朝鮮の白頭山といふ、高い山の麓に、お爺さんの樵夫がたつた一人淋しさうに住んでゐました。

お爺さんは、朝は一番鶏の聲を聞いて起き出し、斧を携げて山に登り木を伐りました。山には、何百年何千年と經つた大木が生ひ茂つて晝でも薄暗く物凄いやうでした。じめ〳〵と濕つた溪間には、長い羊葉が一面に生へてゐました。羊葉の中には虎が往來をするといふ道もありました。獐や猪が飛び出して牙をむくこともよくありました。それでもお爺さんは、決して恐ろしいと、思つたことはありませんでしたが

——【目次終】——

目次

講話資料 童話の泉目次

八島柳堂著

愉快な話
悲しい話

童話の泉

京日代理部出版

複製不許

（定價金二圓三十錢）

大正九年七月十五日印刷
大正九年七月十八日發行

世界童話集 たから舟

編者 松本苦味

發行者 大倉保五郎

印刷者 村田豊吉
東京市京橋區新榮町五丁目七番地

印刷所 大倉印刷所

東京市日本橋區通一丁目十九番地
發行所 大倉書店

怒つた。 いや眞黄色になつて怒つた。 しかし怒れば怒るほど、ただ氣がいら立つばかりであつた。 たうとう力いつぱい、鼻尖を岩のあひだに突き入れたが、あんまり烈しく岩角に鼻をぶつけたため、眼をまはして死んでしまつた。

と思つてか、ひそかに自分が潜りこめさうな岩の破目を目付けてゐた。

さて虎と蝦蟇蛙とが現場へいつて、罠を仕掛けてある穴を覗いてゐるまに、坊さんは逸早くお寺のなかに逃げこんでしまつた。蝦蟇蛙は坊さんが逃げたのを見てから、虎にむかつて、

――これはどうしても坊さんが正しい。おまへさんが悪いね。――

とかう言つて、ぴよつこり岩の破目へ飛びこんだ。

山の小父さんは、これを聞くと、氣違ひのやうになつて、岩に飛びかかつて、それを引き破らうとした。けれども、蝦蟇蛙はどこに風が吹くかといつた顔付で、唯にやにやと笑つてゐた。

虎はいくら暴れても、なんの甲斐もないので、いよいよ眞赤になつて

ながら、落付きはらつてゐた。坊さんは氣が氣でなかつた。すると、虎は口をうごかし、舌舐摺をして、蝦蟇蛙が自分に肩をもつやうな意見を吐いてくれるのを待ちかまへてゐた。

――ふふん。どつちが善いか惡いかは罠のあるところへ行つて見なければわからんのう。――と、年取つた蝦蟇蛙は、胸をつんだして、ちやうど警部さんのやうにそつくりかへつた。

そこでともかくも、人間と虎と、蝦蟇蛙とは、めいめい飛んだり、跳ねたり、歩いたりして、罠のあるところへ行つて見た。虎は坊さんを喰ひたい一心で、おほいそぎで第一着についた。これは內々坊さんに味方してゐる蝦蟇蛙が、心の內で望んでゐたことなのである。蝦蟇蛙はなん

まへはそんな義理知らずの眞似をすると、青い牛さ、斑のある馬さに跨つた山の神様に叱られるぞ。おまへはもしもほんたうに自分を助けてくだすつた人を喰ふやうなことがあると、それこそもうたうてい山の神様の御使者になるわけにはゆかぬ。そんな恩知らずの仕種は、聞くも苦々しいわい。——と云つた。

虎はこの巖の意見には全然不承知であつた。彼はますます坊さんを食はうとした。

坊さんは、虎に喰はれたくはないので、こんどは蝦蟇蛙に意見を訊いて見ることにした。けれども利口な蝦蟇蛙は、木や巖とは案に相違して、すぐには返事をしなかつた。彼はいつものとほりに眼をばちつかせ

坊さんはびつくりした。そして眞赤になつて、その義理知らずを責めた。虎の爲方はあんまり不埓である。まつたく山の法律を蹈みにぢつた話である。坊さんはそばの大木に賴んで、その裁判をして貰つた。

裁判を賴まれた木の靈は、かさこそといふ葉摺れのあひだから云ふには虎の仕打は全く不義理無作法である。命を助けて貰つた人間を喰はふなぞとは以ての外だと言つた。

しかし虎はこれには不承知なので、こんどはおほきな巖にどつちが正しいか訊いて見た。巖はおごそかに言つた。

――それは無論坊さんが正しい。山の小父さん、おまへは惡い。お

助けください。わたくしは御覧のとほり、ひどく怪我をいたしてをります。——と虎はしたから聲をかけた。

かう言葉をかけられると、坊さんはあはれに思つて、蓋をすつかりあけてやり、なほその蓋を梯子にしてあがれるやうに下へおろしてやつた。虎はそれにつかまつて、上へあがつて來た。上へあがると、彼は叮嚀に禮を述べたうへ、さて坊さんにむかつて言ふには、

——いやどうも、たいへん御厄介になりました。お蔭樣であやふいところを助かりました。しかし、わたくしは腹がへつてをりますから、失禮ですが、あなたを喰べますよ。——と言つて、坊さんに飛び懸らうとした。

れば、また人もゐない。頭をあげて見れば、上には唯重い巖丈な丸太の蓋がおつかぶさつて、あたりは文目も知れぬ闇であつた。山の小父さんは、鏡に寫つた自分の姿を敵と思ひ違へ、つひうかうかと罠にかかつてしまつたのである。

さてそれからしばらくしてから、この罠のそばを、たいそう情深いひとりの坊さんがとほりかかつた。坊さんは獸の苦しげな呻き聲を聞くと哀れに思つて、蓋をすこしあけてなかをのぞいて見た。すると、なかには一匹の虎が、怪我をした前足をぺろぺろと舐めまはしてゐた。

――もしもし、坊さん。どうぞお願ひでございますなら、わたくしをお

のであつた。

ある秋の日、山の小父さんは山の麓をぶらついてゐた。ところが、おるおほきな巖のところまで來かかると、二三尺離れたところに、ちようど自分とおなじ位のおほきさの虎がゐるのを見付けた。彼は立ち止まつた。尾を逆立てた。そして一聲高く唸るとともに、あはや一飛びに飛びかからうとした。ところが不思議、不思議、向ふの虎も自分と同じやうな事をするのである。山の小父さんは、かうなると、今更あとへ引くわけにはゆかぬ。彼は渾身の勇を振つて、猛然と敵に飛びかかつた。ところがまた不思議！ 彼はとろりとひとつころがつたかと思ふと、身はいつしか穴のなかにおつこちてゐた。そこには虎もゐなけ

——己はときどき鐵砲の御馳走を喰ふが、まだ一ぺんも怪我をしたことがない。 また己たちを生捕にしやうとする罠なんざあ先刻御承知だから、はばかりながら、慾深の人間どもがいくら己をつかまへて、己の美事な皮を貰らうとしても、その手は桑名の燒蛤だ！——なんて空うそぶいてゐた。

虎は夏は山の奧に引込んで、太つた鹿を餌食にしてゐるが、冬になつて雪が降り、寒い風が吹きすさび、人々が寒い寒いと云つて家の中に閉ぢ籠つてゐる頃になると、のこのこ村へやつて來て、そして豚や豚小屋のまはりを廻つてあるき若い驢馬か、犢か、さなくば、くりくりとした仔豚でもせしめやうさ、例のぎよろぎよろとした物凄い目を光らせる

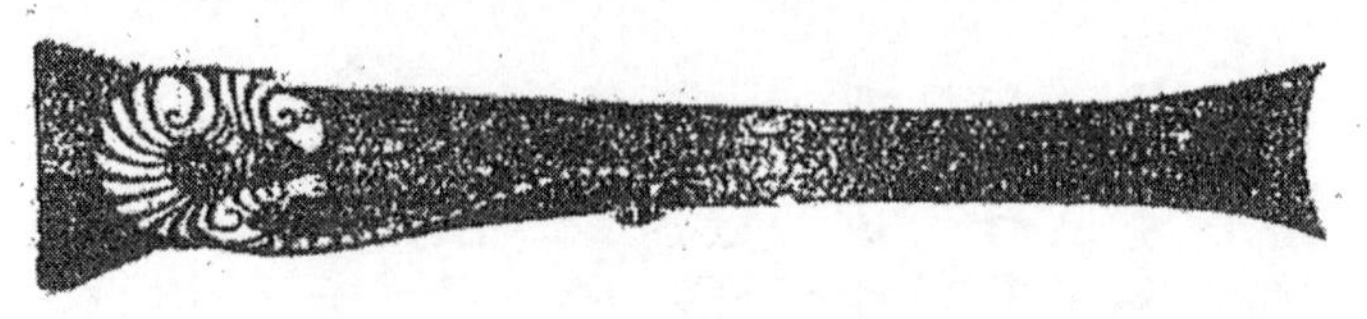

坊さんと虎と

（朝鮮童話）

「山の小父さん」といふ名前は村の人が綺麗な斑のある虎につけた綽名である。

その虎は、ある山のおほい地方にすまつてゐた。獵師もめつたにこの虎を見たことがなかつた。そこで山の小父さんはよく仲間の虎どもにむかつて、

土龍の親父は石像に教はつた土龍をたづねて話をして見た。すると案外話はたやすくまとまつて、まもなく結納を取りかはした。そして、よい日をえらんで、娘をばこの若い、立派な土龍のところへ輿入れさせた。婚禮はまことに盛んで、みなみなのよろこびのうちに、とどこほりなくめでたくすんだ。この若夫婦はまことに立派な似合ひの夫婦で、その後末永く、土のなかで、たいへん幸福に暮したさうである。

たくしの足のしたに無數の穴を掘つて、わたくしをひつくり返すにちがひありません。 さうなれば世界中の人から仰ぎ見られる、このおほきな、おほきな石像のわたくしも、路端にころがつてゐる、小さな石ころとなんの異つたところもなく、土のなかに埋もれてしまひます。 ああ、わたくしは、天にかけ、地にかけて申しますが、この宇宙のなかで、おそらくもつともえらい、もつとも偉大な力をもつてゐるものは土龍です。あなたはあなたのお孃さんを、あの土龍のところへおやりなさいまし。

そこで旅から旅さ、あらゆるところを經めぐつた土龍の親父も、もうそのうへ娘の婿を探すことはやめにした。 やつぱり宇宙のなかで一番偉大な、一番えらいものは土龍であつたのである。

龍の親父は急きこんで言つた。

――いや、ところが、折角のお詞でございますが、もしも、このわたくしが事實一番偉大な、一番えらいものでしたらば、それは無論よろこんであなたの申出をお引きうけつかまつりますが、しかし殘念ながら、ほんとうはさうぢやありません。――と石像はふかい溜息をついた。――じつは、極くうちあけたお話をいたしますが、わたくしの足のしたに土龍が一匹巣をくつてゐます。この土龍は鋤のやうな手をして、盛んに夜となく晝となく土をほじくつてゐますが、大象よりも未だおほきいこのわたくしも、悲しいかな、この小さな一匹の土龍の力には、まつたく抵抗することができません。わたくしは思ふにあの土龍は、ぢきにわ

はびくともいたしません。わたくしは寒からうが、暑からうが、夏でも冬でも同じことです。雲はいつでもわたくしのまはりをゆききしてゐます。けれどもわたくしはついぞ氣にしたことがありません。風は年中わたくしをいぢめやうとして、いろいろないたづらをやります。しかしその持つて來る稻妻でも神鳴でもわたくしをおどろかしたことがありません。左樣、まづわたくしは、宇宙のなかでも、もつとも偉大な、もつとも力强いもののひとりでござんせうなあ。——と、かう言つて、石像は口をつぐんだ。

——そんならば、あなたはわたくしどもの娘の婿になつてくださいますか？　無論結婚を御承知くださいませうな？——と娘自慢の土

づねたわけを話し、さてそれからながながと娘の自慢を始めた。
石像はおほきな眼を光らして、石のやうな忍耐力をもつて、むつとこ
の親父の自慢話を聴いてゐた。そしてひとゝほり土龍の親父の話が
をはつてから、石像はおもむろに口を切つた。
――なるほど、あなたの仰しやることは御尤もですな。仰せのとほ
り、このわたくしは、おほきいにはちがひありません。わたくしは夜も
晝も雲なんぞを氣にしたことはありませんし、また暗からうが、あかる
からうが、そんなことは一切おかまひなしで、平氣で茲に立つてゐます。
わたくしは自分を溶かすことの出來ない太陽なんぞは、ちつとも怖く
はありません。またわたくしをちぢこませることの出來ぬ霜なんぞ

かういふ話を風から聞くと、土龍の親父は失望落膽をしたばかりではなく、急に心にも軀にも疲勞を感じて、がつかりしてしまつた。なるほど、みなのものは一樣に彼の娘の美しいことを認めてくれたことは確かではあるが、さてどうしたら、ほんたうに彼女にふさはしいやうな婿を迎へることが出來やうか？

彼はしばらく休息をしたのち、いよいよ燈臺ほどの高さのある石像のそばへ行つた。石像の頭ははるかに空のうへに聳えてゐたが、しかし、その耳はそばたつてゐて、なんでもうけたまはりませうと云つた格好をしてゐた。

土龍の親父は石像のまへへ出ると、一生の智慧をしぼつて、自分のた

――まあ、こんなことを申しあげると、身の恥を申すやうですが、どうぞひとつ聽いてください。わたくしはよく石像をいぢめてやらうと思つて、あのおほきな顔をめがけて、うんと吹きつけてやることがあります。けれども、あの石像の先生は目ばたきひとつしたことがありません。またわたくしは、是非あの先生に嚔をさせてやらうと思つて、夢中に鼻のなかへ爪を入れますが、一向平氣の平左です。わたくしがありつたけの力を出して、打つても、叩いても、いぢめても、いつもむつと動かずにゐて同じやうな笑顔をしてゐます。ああほんたうに身顫ひが出るほど殘念ですが、あの石像の先生が立つてゐるあひだは、このわたくしはとても宇宙第一だなんて威張れませんよ。

は活潑に言つた。

さう話されると、土龍の親父はしかたなしに、風が雲を散すまで待つて、さてそれから風に縁談を持ちかけた。

けれども定めし傲慢だらうと思つた風は、土龍の親父が思つた半分ほどでもなかつた。風は非常にへりくだつて、ほとんど顔をあからめないばかりにして、

――えへへつ、御親切なお詞はまことに有難うございますが、じつは誰にも負けぬこのわたくしも、あのキン・ギンの河添に立つてゐる大きな石像のまへに出ては、なんの力もありませんよ。――と白状した。そしてまた續けて言つた。

――なぜと申せば、あなたは宇宙のなかで一番えらい方であるばかりでなく、實際そのお力をいつでもほんたうに示してゐらつしやるからです。――と土龍の親父は答へた。

土龍の親父に褒められると、雲はなんと思つたか、たちまち神鳴や稻妻をやめて、にこにこと笑ひだしてしまつた。

――ああ、さうか。だがね、えらいと云ふことから云へば僕はちつともえらくはないよ。見たまへ、風はいま僕を追ひこくつてゐる。僕はかうしてゐるうちに、めちやめちやにちぎられて、空氣のなかに散らされてしまふのさ。君はそのお話なら、風のところへゆきたまへ。僕の先輩の風は、きつと君の立派なお婿さんになるにちがひない。――と雲

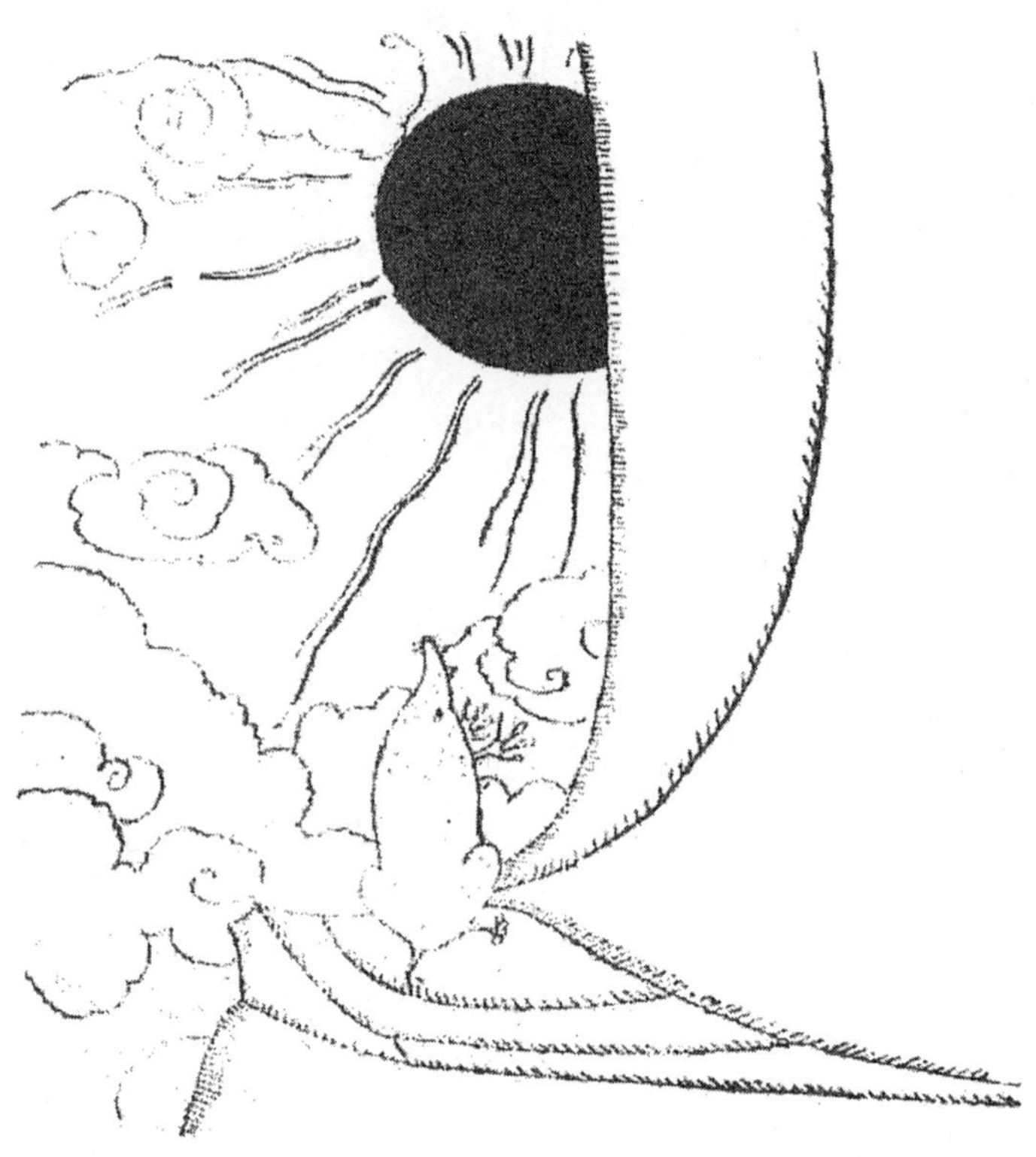

とならうかといふただづまひを見せた時がよからうかと、土龍の親父は思案に暮れた。　けれども、宇宙のなかで一番えらい者を娘の夫にしてやりたいといふ願ひがきふなので、彼は思ひきつて、神鳴がはためき、稲妻がきらめくなかを雲の處へ出かけた。　土龍の親父が雲の家へ着いた時には、雲はちやうど眞黑になつて、さかんに火を吐いてゐるところであつたが、彼はそんなことに頓着せず雲に向つて、自分の娘の綺麗なわけを話して、さてそれから、例のとほりに婿入の相談を持ちかけた。

——ふん、そしてどうして君は僕のところへやつて來たんだ？——

と雲は嵐のやうな怒りを眞黑に顔にあらはし、眼は稲妻で怪しげに光らせながらかう訊いた。

――いや折角のお話ぢやが、わしはあんたが思はれるほどのえらいものではござんせんよ。實はこのわしよりえらいのは雲ぢや。なぜならば、あれはこのわしを包んでしまつて、幾日も幾週間も、まるつきりわしを隱してしまふことがある。あれは確かにこのわしより一枚上手ぢや。まあ惡いことは言はんから、雲に娘さんをおやんなさい。

この詞に流石の土龍の親父も仰天して、しばらくぼんやりしてゐた。雲を婿にするといふことは、實に容易なことではない。第一に雲といふものは年中ひとつ處にきまつてゐないものだから、いつ話を持ちかけていいやら分からない。又の眞晝の、銀色にきらきらと赫いてゐる時がいいかしら、それとも薄墨を流したやうに掻き曇つて、いまにも嵐

でも出來るお方ですから、つまりこの天地のあひだで、一番えらいお方です。あなたのお孃さんを、まづあのお方のところへお連れなさいまし。――と、かう青空は言つた。

かう云ふ話を聞くと、土龍は、お天道樣に逢つて、あの恐ろしい顏を眞向に見るのは閉口だと思つたが、まあとにかく一應あたつて見ることにした。そして、すぐにお天道樣のところへ出かけて、自分の美しい娘と結婚をしてはくださるまいかと尋ねた。

しかし、いつもはきらきらと煌いて、野の草までも燬きつくすかと思はれるほどの恐ろしげなお天道樣も、この話を聽くと、きふにちぢこまつた。そしてすぐにこの申出でを承知するかと思ひのほか、

そ實に廣大無邊で、まことになによりえらいものであるとかう答へた。

そこで土龍の親父は、さつそく空へ昇つて青空にむかひ、

――あなたはおほきな薄青の衣を召して入らしつて、天にも地にも、宇宙のなかで一番えらいお方だそうでございますが、なんとてまへどもの娘を嫁にもらつてはくださいませんか？――とかう訊いた。

ところが、土龍の親父のおどろいたのは、青空がそれをきつぱりとことはつたことである。

――いやいや。わたくしなどは、なかなか宇宙で一番えらいものではありません。あなたがさういふお望みならば、お天道様のところへお出でなさい。なにしろお天道様は好き自由に、世界を晝にでも夜に

ちやうどこの石像近くの土のなかに一匹の土龍とその妻君とがすまつてゐた。さて、ある時、この土龍の御夫婦のあひだに、一匹の仔が生れた。その仔は、それまでかつて土龍の世界で見たことのないほどな、可愛らしい、牝の土龍であつた。親父の土龍は、たいそうこの娘が自慢で、これは、三千世界のうちでも、とりわけ一番えらい者に縁付けやうとかんがへた。

土龍の親父はこの目的で、大自然のなかで、誰が一番えらいかを尋ねはじめた。父はまづ近所界隈の友達の家へ行つて相談をした。また土龍の天子様の處へ出かけて、宮廷のなかでも、もつとも賢い者に訊いて見た。けれども、誰も彼も申しあはせたやうに、あのおほきな青空こ

土龍の婿選み

（朝鮮童話）

キン・ギンの河に添うて、ひとつのおほきな石像が立つてゐた。その石像は全部岩からなつてゐるもので、隨分古い以前に作られたものであつた。その礎は深く地の底に徹し、またその頂きは遙か雲のうへに聳えてゐた。

序

「たから舟」といふと、どうやら七福神でも乗つてゐさうであるが、開化の「たから舟」には、十八ヶ國のちがつた國の異人さんが乗つてゐる。

この異人さんのする御國自慢の童話は、それこそ奇想天外、奇妙奇手烈、皆さんのお臍の宿替へをさせずにや置かないほどであるが、まづ効能書はこの位にして、壁かはんとか、一時も早くお手に取つて中身を御覧おやい、御覧おやいと云爾。

一九二〇、初夏　編　者。

目　次（終）

世界童話集 たから舟 目次

松本苦味

世界童話集 たから舟

大倉書店

不許複製

大正七年四月十日印刷
大正七年四月十五日發行

定價一圓三十錢

世界童話集
—東洋の巻—

著者 榎本秋村

發行者 增田義一
東京市京橋區南紺屋町十二番地

印刷者 笠間音次
東京市芝區愛宕町三丁目二番地

發行所 東京市京橋區南紺屋町十二番地
實業之日本社
電話京橋八七四、八七五、八七六、九八九
振替口座東京三二六番

東洋印刷株式會社印行

つてゐました。

やがて眞夜中になると澤山の鬼共がどや〳〵とその家に入つて來ました。お爺さんはしめたとばかりほくそ笑みながら、益々高い聲でうたひました。すると鬼の頭が、

『お爺さん。大そうよい聲だね。そのよい聲は何處から出るかい』

といひました。お爺さんはしたり顔で、

『この聲は額の瘤から出る。お前の寶物と取換へようぢやないか』

すると鬼は大そう憤つて、

『昨日も瘤のために大損をした。此嘘付爺め!』

と叫んで散々毆りつけましたので、意地惡爺さんは生命から〴〵漸く家に逃げ歸りました。

慣々しく、

『お爺さんの聲は實によい聲だね。その美しい聲は何處から出るのか』

と尋ねました。お爺さんは鬼共を見て吃驚したが、ふと何やら思ひ付いたと見えて笑ひながら、その鬼の頭に向ひ、

『私のよい聲は此額の瘤から出るのだ』

といひました。すると鬼の頭は、

『何卒その瘤を私に讓つてはくれまいか。その代り金銀珊瑚の一ぱい入つた寶物箱をお爺さんに上げる』

といひますので、お爺さんは喜んで額の瘤と鬼の寶物とを取換へ、そして翌朝早く家に歸りました。

この事を聞いた意地惡爺さんは、早速その日の夕暮に野の中にある破屋に出かけ、奥の間に寢轉びながら、大きな聲を張り上げて、唄をうたひ、鬼共の來るのをいまか〱と待

と四方を見ますと、すぐ道側に一軒の破屋がありました。お爺さんは、

『今夜は此家に寢てやらう』

と思ひながら家の内に入りますと、幾年も幾年も人が住まぬ家とみえて、ぷんと黴菌の臭が鼻を突きました。

お爺さんは氣味が惡いのでしたが、野に寢るよりはましだと思つて、奥の方の部屋に蓆を敷いてごろりと横になりました。そして眠らうとしたがなか〳〵眠られません。そこでお爺さんは大きな聲で端唄などをうたひ出しました。唄はがらんとした廣い家に響いて物凄く聞えました。

すると眞夜中に何處からともなく、赤鬼や青鬼や、その他さま〴〵な鬼が澤山その家に集つて來ました。そしてさも感心したやうに、

『實に面白い唄だ。うるはしいよい聲だ』

と鬼共がいひながら、お爺さんの側に寄つて來まして、そのうちの頭らしいのが、いと

ちて來ました。そして兄の家財を皆押し流してしまひました。慾の深い親不孝な兄は、たうとう乞食のやうに貧乏になつてしまひました。

瘤爺

むかし或る處に額に大きな瘤のある二人のお爺さんがゐました。一人のお爺さんは正直でありましたが、いま一人のお爺さんは大そう不正直で意地が惡いのでした。

ある日、正直なお爺さんは山に薪を刈りに行きましたが、歸る時もう途中で日が暮れてしまひました。その夜は月も星もない暗夜でありましたから、とても自分の家までは戻ることが出來ませんでした。それでお爺さんは大へん困りまして

『何處か此邊の木の下に野宿をしよう』

天までも屆くかと思はれるまでに大きくなりました。

ところが或る日、その大木から弟の庭にばら〳〵と音がして、金銀が雨のやうに降つて來ました。弟はそれがために俄に有福な長者になり、立派な家を建てゝ思ふまゝに母親に孝行をつくすことが出來るやうになりました。

然るに慾の深い兄は、又このことを聞いて、

『私も弟のやうに長者になつてやらう』

といふので、弟から庭の大木の枝を一本貰つて來て、それを自分の庭の眞中に植ゑました。そして朝夕澤山の肥料をかけて、一日も早く大きくなつて金銀の雨を降らすやうにと念じてゐました。

ところがその枝に根が付いて、段々丈がのびて來ました。そして暫くの間にその木は弟の庭の大木よりも、もつと大きな木になり、その先は雲の上までものびてゐました。兄はしめたと大に喜んでゐますと、或る日のことその大木から大便が瀑のやうに流れ落

姉様に上げよう』と云つても龜は平氣でゐました。

多勢の人々は、

『何んだ。これは贋者だ。人を欺いてお金を取らうとする惡漢だ、皆でたしなめてやるがよい』

と云つて、拳固を振り上げて散々に兄を毆りつけました。兄は驚いて逃げ歸り、腹立まぎれに途中で龜を踏み潰してしまひました。

弟は兄が龜を返しませんので、兄の家に行きますと、

『あの龜のために私は酷いめにあつた。餘り憎らしかつたから、踏み殺して來た』

といひました。弟は吃驚したが、死んだものは他に致し方がないと思ひ、せめて死骸なりとも懇に埋めてやりたいといふので、その死骸を拾つて來て、自分の庭に丁寧に埋めてやりました。

すると不思議ではありませんか、その埋めた土から大きな木が生え、それが暫くの間に

弟は龜に向ひ、

『これはお母樣に上げよう』

といふと、龜も『これはお母樣に上げよう』と云ひ、弟が『これは姉樣に上げよう』と云へば。またその通りに口眞似をしました。

『鸚鵡は人眞似をしてものをいふけれど、龜の人眞似をするのは實に珍らしい』

と人々が云つて。それ〴〵見料のお錢を置いて行きました。弟はそれから龜を持つて近所の村や町を歩き廻り、澤山の金を儲けました。强慾な兄は此事をきゝ、

『私も一つ金儲けしてやらう』

といふので、弟から無理に龜を借り受け、村々を廻つて、

『さあ。皆樣。人間の眞似をする不思議な龜です。さあ少しも早く御覽なさい』

と叫んで人々を集めました。しかし何うしたものか、兄が『これはお母樣に上げよう』と云つても、龜は何も云はずに默つて首を縮めてゐました、兄はじれつたさうに、『これは

『これは姉様に上げよう』

と眞似をいひました。弟はお可笑しな龜だなと思ひながら、また楢の實を拾つて、

『これは妹に與れよう』

といひますと、龜もその通りにものをいひました、弟は驚いたやうに、

『實に不思議な龜だ』

と獨言して、その龜を捕へ、

『よいことがある。これを見世物にして一つお金を儲けてやらう。此頃は不景氣で幾何稼いでも、おいしいもの一つお母様に上げることが出來ない』

と思ひ、早速その龜を箱に入れ、村の人通の多い處へ持つて行つて、

『皆さん。御覧なさい。これは實に不思議な龜で、人間と同じやうにものをいふ龜であります。さあ。御覧なさい』

と叫びました。村の人達はそれを聞いて多勢集まつて來ました。

は正直なお好人物でありました。

兄は村一番の金持ちでありましたが、餘り强慾なけちん坊であつたので、自分の母親や姉妹を弟に養はせてゐました。弟は貧乏であつたが、働好きでありましたから、母親や姉妹を引取つて、親切に世話をしてゐました。

ある日弟は庭の落葉を搔き集めてゐますと、ふと楢の實が三つ四つ落ちてゐるのに氣がつき、

『これはお母樣に上げまよう』

といつてその實を拾ひ取りました。するとその側に一疋の龜がゐて、

『これはお母樣に上げよう』

と口眞似をしました。弟は不思議に思ひながら、もう一つ楢の實を拾つて、

『これは姉樣に上げませう』

といひますと、その龜もまた、

あなたは朝早く子供達を連れて靈池の側に行き、天からその釣瓶が下りて來たら、それに三人お乘りなさつて天にお登りなさい』

と敎へました。

樵夫は大そう喜び、翌朝早く子供を連れて金剛山の靈池の側に待つてゐると、果して大きな釣瓶が空から下りて來ました。その時樵夫は急いで子供と一しよにそれに乘り、する〳〵と天上に昇つて行きました。

樵夫は天上で首尾能く自分の妻に出會ひ、仲睦じく樂しく一生を卒へたとのことです。

ものいふ龜

むかし〳〵ある處に二人の兄弟がありました。兄は慾深く情を知らぬ男でしたが、弟

といふと、猩々はすぐと天女の天に昇つたことを悟つて、

『二人の子供が產れただけでは天女は未だ天上のことが忘れられないのです。三人の子が產れると、羽衣があつても子供の愛にひかれて永く人間界に留まるのです。しかし一旦天女が羽衣を着て天に昇つてしまへば、もう二度と下界に降りては來ません。』

といひました。樵夫は悲しい聲で、

『金剛山の靈池に行つても鳥渡でもよいからいま一度天女に會はれまいか。子供が不愍で致し方がない』

と嘆くやうにいふと、猩々は、

『もうあの靈池には天女は來ません』

と云つて暫く考へてゐたが、やがて、

『私はよいことを敎へて上げます。あの靈池は人に氣付かれたので、もう天女は水を浴びに來ませんが、その代り每朝天から大きな釣瓶を下してあの靈池の水を汲み上げます。

やがて仕事が終つたので、その日の夕暮家に歸つて來ました。すると天女の姿もなく、羽衣もないので、樵夫は大へん驚きました。二人の子供達は何も知らずに餘念なくすやすやと無邪氣に眠つてゐました。

『ああ困つたことになつた。三人の子供が產れるまで羽衣を出してはならぬと猩々に敎へられたのだが、二人の可愛い子供が出來たからと油斷したのが惡かつた。ああ困つたことになつた。子供達が可哀さうだ』

と樵夫は嘆きましたが何うすることも出來ませんでした。樵夫は翌日山に行つて仕事をしてゐましたが、天女のことを思ふと悲しい〳〵氣分になり、石の上に腰をかけてじつと考へ込んでゐました。すると其處に見覺えのある猩々が來まして、

『何うしましたか。』

と尋ねました。樵夫は、

『私はお前の言葉を守らないで困つたことが出來た』

身を潜めてゐました。やがて天女達は水浴が終つたので、そのうちの二人は羽衣を着て天に登りましたが、一人は羽衣がないので、うろ〳〵してそれを捜し廻つてゐました。しかし幾何尋ねても羽衣が見當らないので、その天女は天に昇ることが出來ず、大そう泣き悲しんでゐました。

樵夫はその時、天女を慰めすかして、自分の家に連れて歸つて、妻としました。

天女はまめ〳〵しく樵夫に仕へて、仲よく暮らしてゐるうち、二人の子供が生れました。

天女は大そう子供を可愛がり、大切にして育ててゐました。その有樣を見た樵夫は、

『もう可愛い子供が二人まで産れたのだから、天上のことなどは忘れてしまつたであらう、もう隱して置いた羽衣を出して見せても差支へあるまい』

と思ひましたから、或る時、幾年となく隱して置いた羽衣を取出して天女に見せました。

天女は吃驚りしてゐましたが、別段に變つた樣子もなかつたので、樵夫はもうこれで安心だと胸を撫で下し、翌日山に仕事に行きました。

と有難さうに云つて、

『この御恩に報いるために私はあなたによいことをお知らせ申します。この山奥の峰つゞきに金剛山といふ山がありますが、その頂上に一つの靈池があります。その靈池に此頃毎朝美しい天女が水を浴びに來ます。あなたが朝早く其處に行き、天女の水を浴びてゐる間にそつと一人の羽衣を隱して置きなさい。さうすると其天女は天に登られなくなります。その時あなたはその天女を妻にしなさい。しかし子供が三人生れるまでは決してその羽衣を出してはいけませんよ。三人の子供が出來たなら羽衣を出してやつてもよいのです』

と敎へ、幾度もお辭儀をして山奥に姿を隱してしまひました。

樵夫は不思議に思ひながら、兎に角翌日の朝早く金剛山の頂上に登つて見ると、猩々の云つたやうに鏡のやうに淸らかな池がありました。そして其池の中に三人の美しい天女が水浴びをしてゐました。

樵夫は樹の枝に懸けてある天女の羽衣の一つをそつと隱し、自分は少し離れた木の蔭に

といひました。樵夫は情ぶかい男でしたから、不憫なことだと思ひ、

『早く此薪の下に隱れるがよい』

と敎へて、猩々を自分が切り取つて積み上げて置いた薪の中に隱してやりました。

丁度その時一人の獵夫が大急ぎで走つて來て、口早やに。

『今此處に猩々が逃げて來ませんでしたか』

と尋ねました。樵夫はそしらぬ顔をして、

『何かは知らぬが猩々らしい獸は向うの谷のはうに逃げて行きましたよ』

といひますと、獵夫は、

『左樣ですか。どうも有難う』

と云つて向うの谷のはうに駈けて行つてしまひました。

暫く經つと猩々はそつと薪の中から出て來まして、

『お蔭で生命が助かりました。何ともお禮の申上げやうがありません』

どれからも惡漢ばかり出て來て、皆金を強請つて行きました。

兄は今度こそは黄金が出るに違ひないと、一番あとに殘つた大きな瓢箪を割つてみると、澤山の大便小便が川のやうに流れ出ました。流石強慾の兄もびつくり仰天し、家財を棄てて、一目散に弟の家に逃げ込みました。すると慈悲深い弟は新に家を建て、多くの金銀を添へて兄に與れました。

天人の羽衣

むかしある貧しい樵夫は、ある日山に登つて木を切つてゐますと、ふと一疋の猩々が走つて來まして、いとも哀れな聲で、

『何卒助けて下さい。私は今獵夫に追駈けられてゐます。』

やがて春になりますと、その燕は一粒の瓢箪の種子を兄の家に啣へて來ました。兄は大急ぎでこの種を庭に植ゑ、片時も早く大きくなつて實が生るやうにといふので、荐りと肥料をかけました。

するとその種子は忽ち萠え出し、蔓がのびて間もなく大きな十一個の瓢箪がぶら〳〵と生りました。欲張りの兄は大そう喜んで、

『弟のが四つより生らぬのに、私のは十一なつたわい。これぢや弟の倍以上の長者になれる』

といつて早速そのうちの一つをもぎ取つて割つてみますと、一人の汚らしい乞食の琴彈人が、ひよいと飛び出して來ました。そして賴みもしないのに、ぢやら〳〵と騒々しく琴を彈き鳴らし、仕舞には澤山の金を兄から强請り取つて行きました。

兄は失策つたと思ひながら、次の瓢箪を割ると、今度は人相の惡い乞食法師が出て來て、また兄から金を强請つて行きました。兄は慾にかられて後から〳〵と瓢箪を割りますと、

ゐましたが、生憎と一羽の燕も自分の家に飛んで來ませんでした。それで兄は棒をもつて二羽の燕を取り押へ、無理無體に自分の家の軒に巣を造らせました。そして、

『まあこれでよい。かうして置けばうまいことがあるわい』

といひました。そのうち子燕が生れましたが、幾何待つてゐても子燕が下に落ちて來ませんでした。そこで兄はそつと下から棒で巣を突き上げ、一羽の子燕を地面に落しました。子燕はしたたかに體を地に打付けて怪我をしたので、ぴい〳〵と苦しさうに鳴きました。

『まあ〳〵可哀さうに』

と兄はわざと猫撫聲を出して、さも親切さうに藥を傷口につけて巣に入れてやりました。親燕は不興氣に眼を光らして兄を見てゐました。そのうち秋になつたので、燕は皆南の方に飛んで行つてしまひました。

『まあ、來年の春は私も弟に劣らぬ大長者になれる』

と兄は云つてにこ〳〵してゐました。

『殘りの一つは割らずに藏つて置かうぢやありませんか』

といひましたが、弟は何となく割つてみたかつたので、何が出るかと胸を轟かしながら四つ目の瓢箪を割りました。すると金銀や穀物が山のやうに出て來ました。

『おやつ！』

『まあ！』

と弟も妻も餘りの驚きと嬉しさに唯だもうにこ〳〵しながら顏を見合せて喜びました。

弟はいま迄は村一番の貧乏者でありましたが、此時からもう自分の村は申すに及ばず近村きつての大金持になりまして、有福に暮らすことが出來るやうになりました。

強慾な兄は、弟が俄に長者になつたのを見て、羨ましく思ひ、早速弟のところに行つて、譯を尋ねました。正直な弟はすぐと燕のことを精しく物語つてきかせました。

『私も一つ長者になつてやらう』

と獨言しながら、兄はほく〳〵喜んで家に歸りました。そして燕の巣を造るのを待つて

いつまでも若さを保つ不老藥、五番目の瓶には幾百千年經つても死なぬ不死藥が入つてゐました。弟は驚きながら、

『實に珍らしいものばかり出た』

と云つて喜びました。それから次の瓢箪をもぎ取つて割つてみますと、木材や石材やその他家を建てるに必要なものが澤山に出ました。

弟は益々驚きながら、

『今度は何が出るだらう?』

と次の瓢箪を割りました。すると中から數十人の大工が飛び出して、前にある木材で忽ちの間に立派な廣い家を建てました。

弟は眼を丸くして吃驚し、

『實に立派な家だ。全然長者の住家のやうだ』

といひました。この時弟の妻は、

育てゝゐました。ある日一羽の子燕は、足を滑らして下に落ち、大へんな怪我をしました。慈悲深い弟は、

『まあ、可哀さうに、さぞ苦しからう』

と云つて、その子燕の傷口に藥を付け、手厚く介抱して巣に入れてやりました。親燕は有難さうに羽敲きをして喜んでゐました。

やがて秋になりますと、二羽の親燕は、數羽の子燕を連れて南の方の暖かい國に飛んで行きましたが、翌年の春また弟の家に飛んで來て、前の年のお禮に一粒の瓢箪の種子を弟に與れて行きました。

弟はその種を庭に植ゑますと、忽ち大きくなつて、その蔓に四つの大きな瓢箪が生りました。弟は大そう喜んで、そのうちの一つを割つてみますと、不思議ではありませんか、中から五つの藥瓶が出ました。一番目の瓶には死んだものを生かす回生藥、二番目の瓶には盲人を見えるやうにする開眼藥、三番目の瓶には啞を直す聾啞藥、四番目の瓶には

とにべもなく斷りました。

弟は二度と情を知らぬ兄の家には行くまいと思ひましたが、或る日のこと、生憎一厘の金もなく、一粒の米もなかつたので、自分は兎に角、妻や子はひもじからうと思ひまして、致方なく又兄の家に行き、

『兄さん。酒の粕でもよいから惠んでくれませんか』

と頼みました。しかし强慾な兄は、

『豚に食はせなければならないから、貴樣などにはやれんよ』

と口汚く罵つて弟を追返してやりました。

弟はいくら働いても、家族が多勢なので、何うすることも出來ず、たゞ水を飲んで辛くも生命を繋いでゐることが度々ありました。しかし無慈悲な兄は、弟のあさましいみじめな暮しを知つてゐながら、見向きもしませんでした。

ある年の春のことでありますが、弟の家の軒に二羽の燕が飛んで來て巢を造り、子を

燕の御禮

むかし或る處に金持の兄と貧乏な弟とがありました。兄は强慾で無慈悲でしたが、弟は情深い正直者でありました。

弟は貧乏なのに子が澤山ゐましたから、日々三度の食物に困つてゐました。ある日、弟は金持の兄の家に行き、

『兄さん。何卒米の粉でも落屑でもよいから惠んで下さい』

と願ひました。兄は慳貪な聲で、

『また物貰ひに來たのか。私の家では米の粉でも落屑でも皆下男や下女に食はせるのだから、お前などにはやれないよ』

の來るのを待つてゐました。

やがて眞夜中になると、多勢の鬼共は、どや〳〵と家の内に入つて來ました。そして鐵の棒で床板を突きながら、大きな聲で、

『黄金が出ろ！白銀が出ろ！』

と叫びました。慾張爺さんは、この時だといふので、そつと團栗を口に入れて、がちりと噛みくだきますと、鬼共は、

『おやつ！昨夜もあんな音がしたではないか。何んとなく人間臭い。それ捜してみろ』

と云つてばら〳〵と奥のはうに駈けて行くと、其處にお爺さんがゐたので、いきなりお爺さんを鷲摑みにし、

『昨夜も此奴のために瞞された、不屆きな爺だ』

と叫んで、鐵の棒で散々に毆りつけました。慾張爺さんは傷だらけになつて漸く家に逃げ歸りました。

ちりといふ響が聞えました。此時鬼共は、

『そら大變！家の潰れる音だ。皆。早く逃げろ！』

と叫んで、後をも見ずに周章て逃げて行つてしまひました。お爺さんは、

『うまくいつたわい』

と笑ひながら、翌朝早く起きて見ますと、驚くではありませんか、床の上には澤山の金銀が一ぱい散ばつてゐました。正直爺さんは喜んで、これを拾ひ集め、機嫌よく家に歸りました。

この事を聞いた隣家の不正直な慾張爺さんは、

『私も一つ金儲をしてやらう』

といひながら、早速山に行つて團栗を拾ひました。そしてまだ日の暮れぬうちに麓の荒屋に入つて、奥の間に寢轉んでゐました。

そのうち暗くなり、段々夜も更けて來ましたので、お爺さんは眠らずにいまか〳〵と鬼

ゐました。

鬼共は奥に人間がゐるとも知らずに、大きな聲で、

『黄金が出ろ！白銀が出ろ！』

と叫びながら、どすん〳〵と床板を鐵の棒で敲いてゐました。

お爺さんは恐ろしいので、初めのうちは小さくなつて息を潜めてゐましたが、餘りに物音がやかましいので、

『一つ鬼の奴等を威嚇してやらう』

と度胸を据ゑ、懷中からそつと團栗を取出し、その一つを口に入れ、齒に力を入れて、がちりと噛みくだきました。その音は夜陰に響いて、怪しい物音に聞えました。

すると鬼共は吃驚して。

『何んだい。今の音は？』

と顔を見合せましたが、その拍子にお爺さんが又團栗を噛みつぶしたと見えて、またが

のです』

長者は餘りに呆れて開いた口がふさがりませんでした。

強慾爺

むかし或る處に正直な善いお爺さんがありました。或る時、山に薪を取りに行きますと、團栗が二つ三つ落ちてゐたので、それを拾ひ取りました。

お爺さんが、やがて薪を擔つて山を降ります頃には、もう日がとつぷりと暮れてしまひました。それでお爺さんは致方なく山の麓にある荒屋に寝て夜を明すことにしました。

お爺さんがすや〳〵と眠つてゐますと、眞夜中に騒々しい物音がするので、吃驚して眼をさまし、窓からさし込む星あかりで透し見ると、物凄い姿の鬼共が多勢家の内に集つて

『お前は實に稀なる神童である。私は感心してゐる』

といひました。若者は何のことやら一向解らないので、ただ當惑してゐました。

『お前、私の人相を見ておくれ』

と長者は慣々しくいひますと、若者は益々當惑して、

『私は人相などは知りません』

『いや親子の間柄であるから遠慮に及ばぬ』

若者は顔を赤くして、

『私は貧乏で學校に入りませんでしたから、自分の名をすら書けぬくらゐです、まして人相などを知つてゐる筈はありません』

『お前は先頃、晴天の日に翌日雨が降るといひ當てたぢやないか』

と長者が云ふと、若者は恥しさうに頭をかいて、

『實は私が癬疥をかいてゐるので、それが雨の降る前には痒くなりますから、さう申した

のはうで送り届けるから是非貰ひ受けたい』

と云つて無理に承知させました。

長者は三國一の婿を捜し當てたといふので、大喜びで家へ歸りました。すると妻は、

『そんな貧乏人の子と家の娘とは身分が釣合ひますまい』

と云つて反對しましたが、

『人物すら立派で賢いならそれでよいぢやないか。あのやうな神童は滅多にゐるものではない。私もこれで安心が出來る』

と云つて大そう自慢をしてゐました。

やがて黄道吉日を選んで、愈々婿取りの儀式を擧げました。

これまで汚い衣裳ばかり着てゐた若者は、俄に高價な衣裳を着せられ、名高い長者の家に婿入りしたのですから、ただもうおど〳〵してゐました。

結婚の式が首尾能く濟んでから、長者は若者を自分の部屋に呼び、

こやら他の若者よりも秀でゝゐるやうでありました。

そこで長者は早速その若者の名をきいて、その家に尋ねて參りました。若者の家は村のうちでも、一番貧乏らしい小さな家でありました。長者は若者の父に向ひ、

『いま畑にゐて働いてゐる息子さんを他に養子にくれる譯にはゆくまいか』

と尋ねました。若者の父は恐縮したやうな顔をして、

『あれは私の三男ですから、貰つて下さる方さへあれば何人へでも差上げまする』

といひました。長者は喜んで、

『實は私の家の聟に貰ひたいと思ふのだが、くれてくれるだらうか』

といひますと、若者の父は名高い長者の聟ときいて一方ならず打驚き、

『あんな貧乏人のやくざ者は迚もあなたのやうな大家の聟などにはなれますものか』

といひました。長者は膝を乘り出して、いと熱心な聲で、

『そんなことはない。人物すら確かであれば身分などは何うでもかまはない。支度金は私

ら、私が出かけて國中を捜し廻り、よい若者を見付けて來よう』

長者はかう思つて、或る日自分で娘の婿を捜しに出かけました。

長者は幾月もかかつて、國中を捜し廻りましたが、一向よい若者に出會ひませんでした。いづれも帶に短し襷に長しで、氣に入つたのが一人もゐないので、落膽して家の近所の村まで歸つて來ました。すると途中に澤山の若者が畑を耕してゐました。

その日は大そうよい天氣で、空には雲の影だにありませんでした。長者は若者達の仕事をするのを默つて見てゐましたが、ふと一人の若者は突然に、

『明日は雨が降る』

といひました。長者はその言葉を聞いて吃驚しました。

『このやうな晴天の日に、明日の雨の降ることを云ひ當るのは、決して凡人ではない。非常に賢い神童に相違ない。我が娘の婿は此若者の外にはあるまい』

長者はかう思ひまして、その若者の顏をよく見ますと、汚い衣裳こそは着てゐたが、ど

長者の失策

むかし或る處に美しい娘を持つた長者がゐました。一人娘のことでありましたから、荒い風にもあてずに、大そう可愛がつてその娘を育てゝゐました。

段々娘が年頃になりましたので、婿を貰ふことになりました。家が金持の長者で、娘は世に稀な美人でしたから、婿になりたいと申込むものが澤山ありました。そのうちには位の高い人もあり、物持もあり、學者も才子もあり、また貴族の若様もありました。

しかし長者は念にも念を入れなければならないと云ふので、こんなによい申込があつたに係はらず、あれもいけない、これもいけないと、皆斷つてしまひました。

『家の娘には賢い婿を貰つてやらなければならない。私の家を繼がせる大事の婿であるか

朝鮮童話

——目次終——

第七　土耳古童話

第六 西亞童話……二六五

第五 印度童話

第四 蒙古童話……一三五

目次

凡例

一、本書は世界の代表的童話及文豪哲人の筆に成れる秀でた童話を蒐集したのであります。

一、本書の童話は古來から傳はつたもので、趣味と實益とを兼ねたものを選んで編輯したのです。

一、西亞童話は西亞細亞地方の童話であります。

一、土耳古は歐亞兩大陸に跨つてゐますが、編輯の都合上東洋の巻の中に入れました。

一、蒙古童話はコサックその他廣義の蒙古人種の童話であります。

本書は之を前後二編に分ち、前編東洋の卷には專らアイヌ、朝鮮、支那、蒙古、印度、土耳古、西亞の童話を載せ、後編西洋の卷には專ら英、佛、露、獨、米、南歐、北歐の世界のあらゆる勝れた童話を網羅し、以て廣く少年子女の教養に資すると共に、聊か國民教育の一端に貢獻せんとするのであります。

終りに臨み、少年子女の教育に甚深の趣味を有せられ、學東西を兼ね、識古今に亙れる學界の大家として名高い文學博士萩野由之先生の御厚意と御指導との下に、本書の編輯を完了し得たことを茲に謹んで同先生に感謝いたします。

大正七年初春　　榎本秋村識

が出來ます。故に乾燥無味な百千の形式的倫理訓よりも、唯だ一篇の童話は遙に大なる修身的價値があります。それで泰西の家庭では毎戸必ず及ぶ限り多くの童話書を備へ、以て愛兒教養の資料としてゐます。

童話は卑近な材料のうちに、巧に日常必須の道德を說くと共に、人生深奥の哲理をも述べてゐます。また各國固有の國民性を示し、人情の機微を穿ち、處世の要諦を說くと共に、更に進んで宇宙自然の眞美と莊嚴とを寓してゐます。それで童話は一面では趣味と實益を兼ねたる教訓的兒童文學として其德性と趣味性とを養ふもので、又他面では一種の興味多い人生哲學であり、平易な宗教であり藝術であります。故に童話は啻に兒童の最良の讀物なるのみならず、併せて亦廣く一般の青年男女好箇の讀物であります。

本書は世界の童話中、古くから傳はつたものや、絶世の文豪や哲人の作つたもののうち最も秀でた面白い童話を選んで編輯したのです。本書には所謂趣味と實益を兼ねた世界童話の精華が集めてあります。

自序

世に兒童ほどお伽話を好むものはありません。如何なる兒童も皆驚奇と嘆美との可愛らしい眼を見開いて、熱心に童話に耳を傾けます。從つて童話の兒童に與へる感化は甚深なものであります。人の日常の行爲を支配するものは、青年時代に受けた敎訓よりも、寧ろ幼年時代に受けた敎訓であります。私等が幼い時、父母や祖父母の膝下で聞いたお伽話が今尙は夢のやうに懷しく記憶に殘つてゐます。

一度彫蠟のやうな兒童の腦裡に刻み付けられた趣味ある童話は、知らず識らず兒童の德性を形造り、人の一生に至大の潛勢力を揮ふのであります。仁義忠孝勇氣忍耐友誼勤儉等のあらゆる美德は、無邪氣な談笑の裡に童話に依つて永久兒童の頭腦に植ゑつけること

せんや。今の少年は實に幸福なりけり。榎本君の序を請はるゝまゝに之を書して贈り、且つ天下の少年子弟の前に此書を薦む。

大正六年秋

萩野由之識

童の修身的讀物として、之に優るもの少かるべく、忠孝仁義の美德は、之に依りて談笑の裡に兒童に皷吹し、其心に印象せしむるを得可し。

榎本恒太郎君は久しく世界各國の童話を研究し、今や其中に就いて、趣味深く教育上有益なる童話を選擇し、以て本書を編せり。之を廣く少年子弟の健全なる讀物として極めて適切なりと信ず。

想ひ起す、余が幼時に、武者繪の紙鳶を好みたれば、親族知人より歳暮年玉の贈物は、いつも紙鳶なりき。揚ぐるすべも拙く、絲引く力も乏しければ、得るに隨つて忽ちに破損す。乃ち骨をはがして其繪を保存し、或は自寫して其說明を聞くことを、樂しみとなしたりしなり。學問に從事して後、史學に興味を有せるは、或は幼時の紙鳶より來れるかとも考へしことあり。

紙鳶の繪を寫したる幼童は、今や六十に近くして、頭髮盡く白し。若し當時に於て、此の如き好書あらば、豈父老長者を煩はして、牛若辨慶や、木下藤吉郎の話說を聽くに勞

序

如何なる少年も、其搖籃時代より父母、乃至祖父母の親しき面影に接するを喜ぶと共に、其膝下に於て面白く勇ましき童話を聽くを好まざる者はなかる可し。兒童は啻に童話中の勝れたる人物を現實化するのみならず、更に進んで、自らその人物の如く秀でたる行爲を爲さんと志すものなり。故に童話の兒童に與ふる感化は極めて大にして、兒童が興味を感じたる童話は、深くその心裏に印象し、不知不識の間に其德性を涵養し、やがて長くその一生の行爲に影響するに至る。

形式的敎訓は、その言辭は美なりとも、往々乾燥無味に流れ易き弊なきにあらず。童話は之に反して、無邪氣なる傳奇的物語中に、幾多の敎訓を寓するを以て、天眞爛漫たる兒

奇異童話集
東洋の巻
榎本秋村著

世界童話集

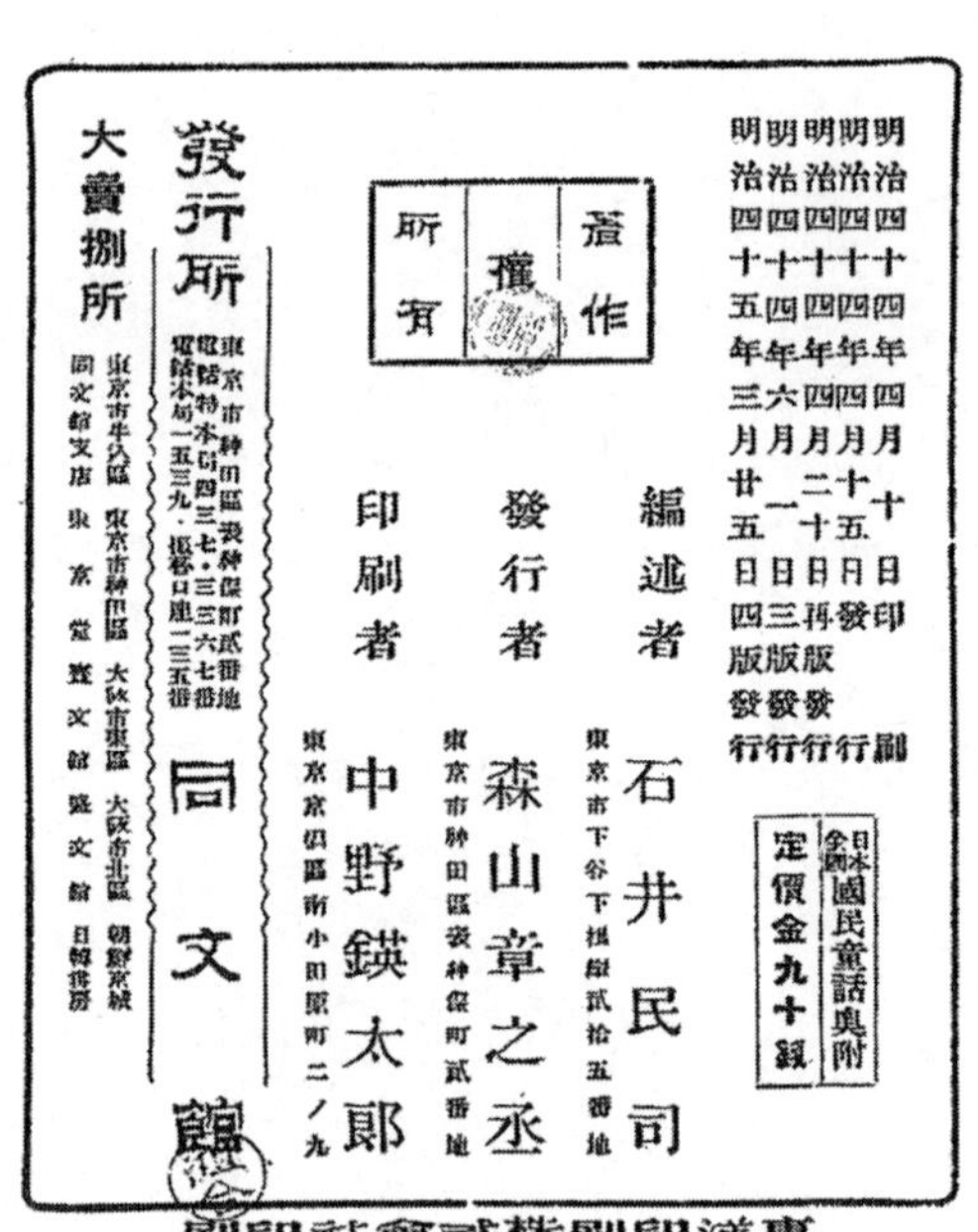
明治四十四年四月十日印刷
明治四十四年四月十五日發行
明治四十四年四月二十日再版發行
明治四十四年六月一日三版發行
明治四十五年三月廿五日四版發行

日本全國國民童話奥附
定價金九十錢

著作權所有

編述者 石井民司
東京市下谷下根岸貳拾五番地

發行者 森山章之丞
東京市神田區表神保町貳番地

印刷者 中野鍈太郎
東京京橋區南小田原町二ノ九

發行所 同文館
東京市神田區表神保町貳番地
電話特本局四三七・三三六七番
電話本局一五三九・振替口座一三五番

大賣捌所
東京市牛込區 同文館支店
東京市神田區 東京堂
大阪市東區 盛文館
大阪市北區 盛文館
朝鮮京城 日韓書房

東洋印刷株式會社印刷

逆に向いてますので、その樣なことゝは知らず、木に登らう登らうとしてます處を、盜は、そのぶら〳〵してるきんたまを狙ひ、わなにかけて、力まかせにぐいと引き上げましたので、虎は其のまゝ死んでしまつて、盜は助りました。もし、これが、雌虎でありましたならば、盜の命は無かつたのかも知れませんでしたが、雄虎であつたのが、却つて盜の爲めには仕合せになりました。

て、一目さんににげ出しました。盗も、にげ出すのを仕合せと思ひまして、その走つてゆくまゝになつてますと、だん〳〵山深く入りました。

さて、夜が明けかゝつて、薄あかるくなりますと、虎も盗も、お互にびつくりしました。殊に、虎は、これは人間だ、郭再佑でなかつた、こんなものなら、すぐにたべて仕舞はう、幾日もたべないで、お腹がペコペコだ、これさへたべれば、本望だと、くひにかゝりました。盗は、とても逃げるには逃げられず、こまりはてましたので、その近くにあつた、大きな松の木へ、木登りをしました。すると、虎もつゞいて之をおひかけ、お尻の方を上にむけて、だん〳〵登つて來て、せまります。木の上の盗は、助かる路もなくなりました。

盗は、何で之をふせぐといふこともできませんので、股引をしめて居る紐を解いて、その紐でふせがうとしました。それは、紐の片端を結んでわなを作り、之を木の上からさげて、虎を釣らうとしてました。虎は、

郭再佑といふものは、獸だか人間だか鬼だか、何だか知れないが、私よりは餘程きついものらしい、今までは、世の中に、私ほどきつい者は無いだらうと思つてをつたが、私よりもきつい者が有るのらしい、若し郭再佑に見付つたら、殺されて仕まふか知らと、ひどく怖れて、馬屋の内ににげ込んで居ました。

此の夜、丁度に盜が此の家に入らうと思ひましたが、家の人がまた眠らない樣子なので、馬屋に入つて隱れてました。が、まつ暗でありますから、虎は盜の來ましたのを知らず、盜も亦虎の居つたのを知りませんでした。

やがて盜は、かすかに虎を見つけまして、馬と思ひ、これを一疋ぬすみだして、よそへ賣れば、高くうれやうから、之をぬすむがましと、いきなり虎にのりました。虎はびつくりしまして、さき程からきいた郭再佑といふものは、こゝに居たのだ、とんだきつい奴に見付かつたと思つ

に、おなかのすいた虎が、食ひかせぎに出て來まして、そつと此の家の窓の外に立ち、家の中の樣子をうかゞつてました。

此の時、丁度に、此の赤ン坊がなき出しまして、中々やみませんので、そのおつかさんが、

『そう泣くと、虎が來ますぞ、虎が來ますぞ』

と、いひまして、――勿論、虎がほんとうに來て居ますことは知らないのでありますが、泣くのを止めさせやうと思つて、おどかしました。が、赤ン坊は、少しも泣きやみません。おつかさんは、仕方なく、今度は、

『郭再佑が來るよ、郭再佑が來るよ』といふておどかしました。この郭再佑といひますのは昔の力の強い名高い大將の名であります。すると、今まで泣いてた赤ン坊は、ヒタと泣きを止めました。

窓下で、之を聞てました虎は、考へました。『虎が來た』といふても止まない赤ン坊が、『郭再佑が來る』と言はれて、泣きを止めたので見ると、

たない着物の神さまをば有りがたがらず、それに近よる者も有りませんでした。で、その神さまは、とう〴〵又天にお上りになつてしまひ、美服の神さまだけ殘りました。

前の、粗服の神さまは、米穀の神さまで、美服のは粟稗の神さまでした。それを、美服の神さまだけ留めて、粗服の神さまを天上させてしまひましたから、この因縁で、樺太の地には米ができなかつたのださうであります。

朝鮮　虎の失策

今は昔、韓國のある山おくの小村のことであります、ある百姓家に生れたばかりの女の子がありました。

ある日の晩のこと。まことにくらくて、一寸さきも見えませんやみよ

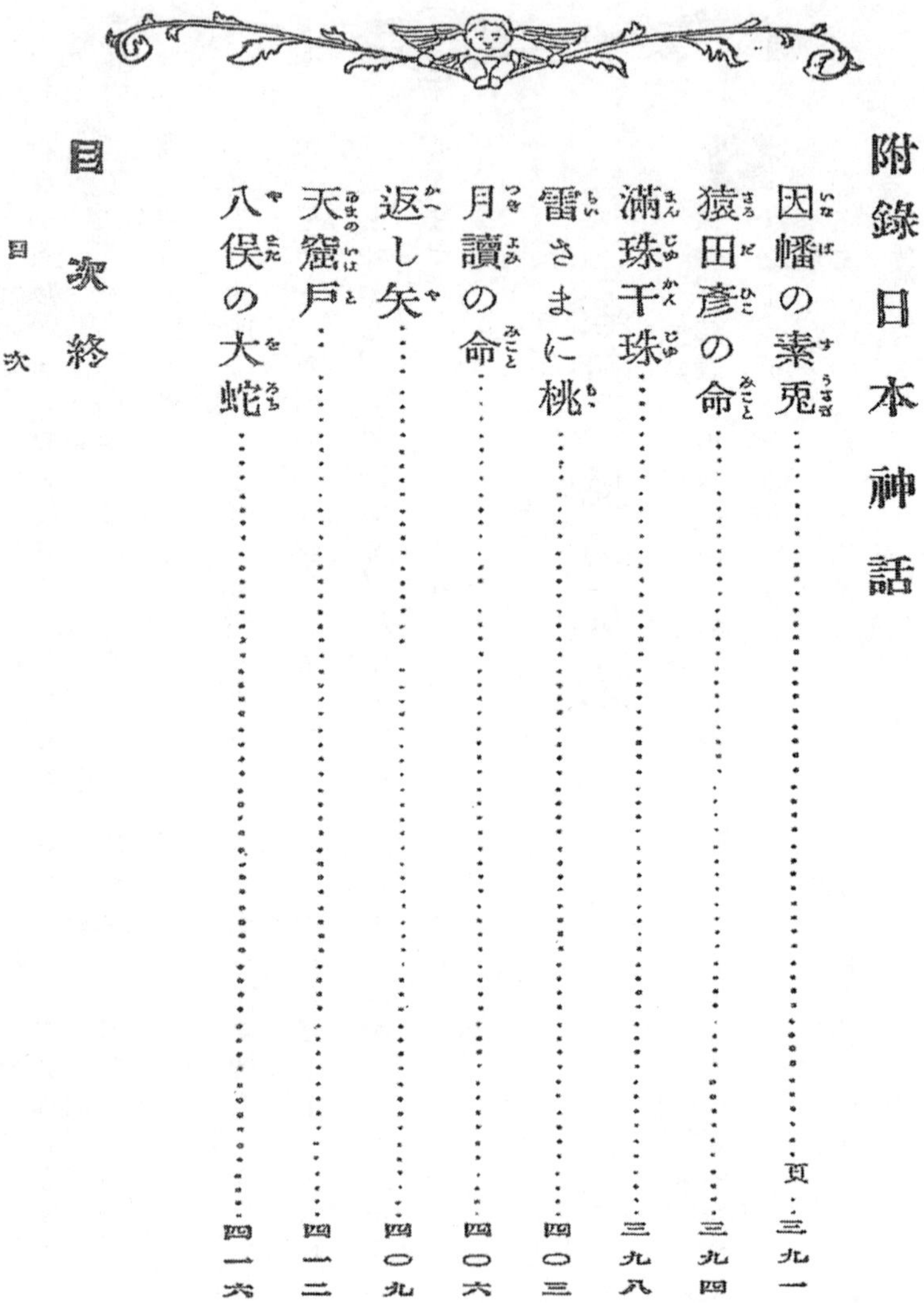

附錄日本神話

目次終

日本全國國民童話

日本全國國民童話

日本全國國民童話

目次

日本全國國民童話

日本全國國民童話

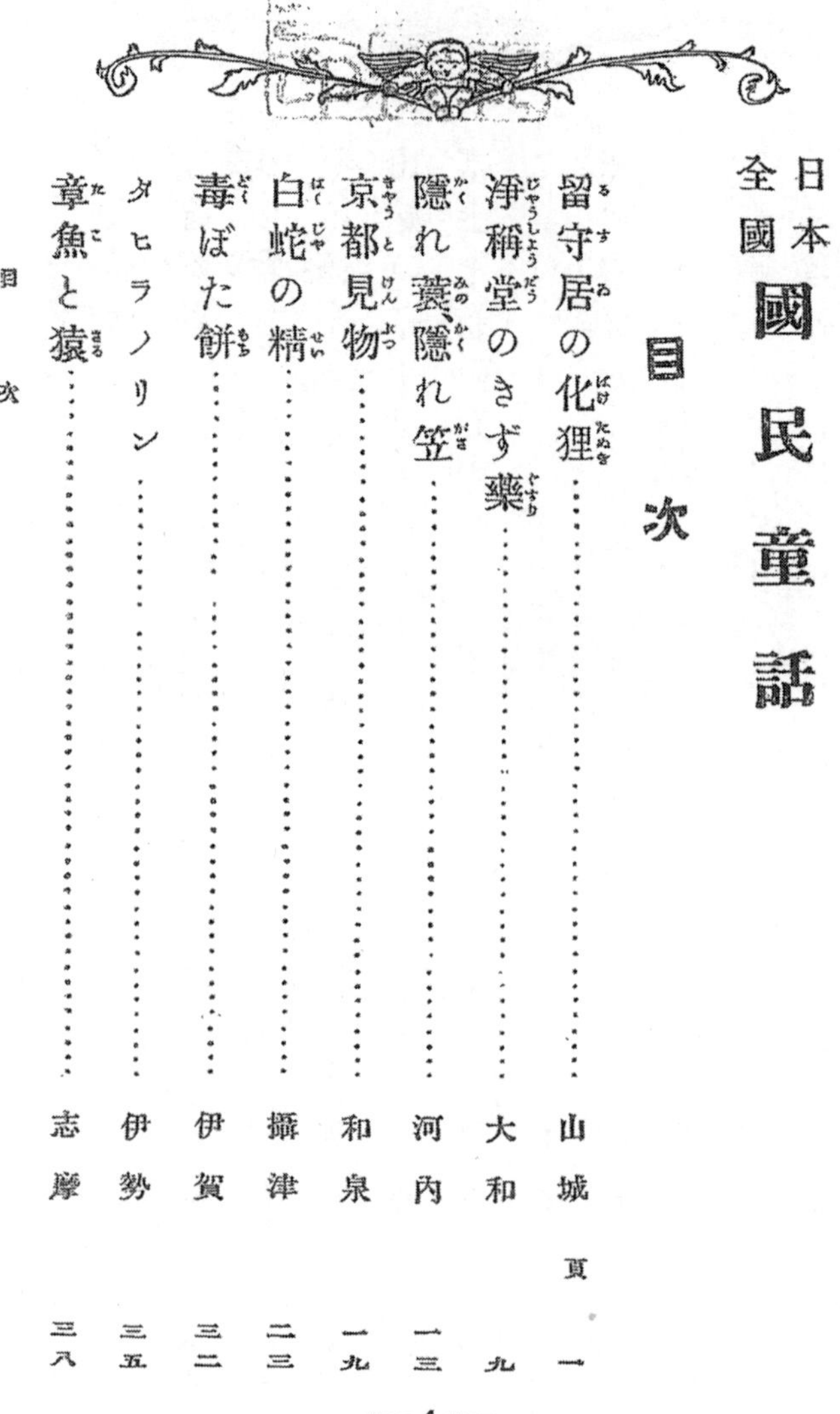

日本全國 國民童話

目次

日本全國國民童話

る。その效果は收まつたのである。楠公決戰の圖も養老樵夫の圖も繪畫であるが、春花秋月の圖も亦繪畫である。花月の圖を取つて忠孝の教訓に益が無いと責むる人有らば、そは見當ちがひと言はなければならない。童話集は素より修身書でないことを一言斷つておく。

石井研堂

裕の無い樣なわけで、力のまだ足らない罪あるにせよ、已を得ない。 併し今の中に、一通り本田に移植しておかなければ、瘠田のは無論のこと、肥田のまで共に枯らし盡す樣な悔有らうも測り難い。 若し、根張りの面白くない苗までを保護したといふ批難が有らば、予は甘んじてそれに服する覺悟である。 讀者幸に之を諒とせられたい。

童話の中には、素より教訓の意を寓してあるのが多い。されども、童話は必ずしも教訓の筋でなければならぬといふ約束も無い。 幼童が、之を讀み、之を聽いて、想を怪奇の境に馳せ、神を夢幻の間に往かしめ、それだけ心意上に慰安と歡樂を支へさへずれば、その目的は達いたのであ

「編者の言」

本書の材料は、多くは、編者が直接間接に各地方出身の人士について、その口授、或は筆錄を請うて得たものである。中には、生憎適當の知己を有しない地方のは、僅一二頁の口話を得んが爲めに、少からぬ手數を重ねたのも無いでは無い。

本書最初の原稿は、總計三百餘則有つた。中ん就く、大同小異のもの、童話としての價値を疑ふものなとを淘汰して、三分の二ばかりを留めた。其の上、一國一則づゝと限つて精選して見ると、材料の豐少な地方のは、頗る取捨に苦んだ。が、猶、肥沃の田から苗を採るには、多少贅澤を言ふともできるが、瘠地からのは、さうやかましく言ふ餘

著者の告白

桃太郎猿蟹合戰花咲かせぢゞいの類の普通日本童話は、甚だ不完全ながらも、各種の小册となつて流布して居たが、近年巖谷小波君の手によつて遺憾無く大成された。我が文林の爲めに、幼童界の爲めに、大に感謝すべきことである。 されど、地方々々の小範圍内に傳つて來た童話に至つては、僅に地方人の口碑に存するだけで、まだ誰も手を着けず、書册の上には勿論索めがたい。 且つ、西洋種の文藝の、年を追うて行はれ來るにつれ、わが童話の如きも、漸く世人に忘れられんとする傾き無いでも無い。 これ予が本書の編纂を思ひ立つた主なる理由である。

日本全國
國民童話

영인자료

1920년 전후 일본어 조선설화 자료집

여기서부터 영인본을 인쇄한 부분입니다. 이 부분부터 보시기 바랍니다.

김광식金廣植

일본학술진흥회 특별연구원PD(민속학), 東京學藝대학 학술박사.
연세대학교, 릿쿄대학, 東京理科대학, 요코하마국립대학, 사이타마 대학, 일본사회사업대학 등에서 강의했다.

‣ 주요 저서

단저: 『식민지기 일본어 조선설화집의 연구植民地期における日本語朝鮮說話集の研究 -帝國日本の「學知」と朝鮮民俗學』(2014), 『식민지 조선과 근대설화』(2015), 『근대 일본의 조선 구비문학 연구』(2018).
공저: 『식민지 시기 일본어 조선설화집 기초적 연구』, 『博物館という裝置』, 『植民地朝鮮と帝國日本』, 『國境を越える民俗學』 등 다수.

근대 일본어 조선동화민담집총서 4

1920년 전후 일본어 조선설화 자료집

2018년 6월 8일 초판 1쇄 펴냄

저　자 김광식
발행인 김흥국
발행처 보고사

책임편집 김하놀
표지디자인 오동준

등록 1990년 12월 13일 제6-0429호
주소 경기도 파주시 회동길 337-15 보고사 2층
전화 031-955-9797(대표)
02-922-5120~1(편집), 02-922-2246(영업)
팩스 02-922-6990
메일 kanapub3@naver.com / bogosabooks@naver.com
http://www.bogosabooks.co.kr

ISBN 979-11-5516-800-4 94810
979-11-5516-790-8 (세트)

정가 32,000원